무크타르 마이의 고백

무크타르 마이의 고백

무크타르 마이의 고백

무크타르 마이의

고백

Mukhtar Mai 지음 | 조은섭 옮김

이룸

| 차례 |

멀고 먼 길

2002년 6월 22일 밤, 드디어 가족의 결정이 내려졌다. 침울하고 무거운 분위기 속에서 내려진 가족의 결정이란 내가 위기에 빠진 가족을 구해야 한다는 것이었다. 나는 가문의 이름으로 그들에게 용서를 빌어야만 했다. 미르왈라 마을 출신이며 소작농인 구자르 계급 출신인 나, 무크타르 마이는 마을의 힘 있는 지주들과 전사들의 부족인 마스토이들을 만나 원만한 해결을 봐야 했다.

남동생 사쿠르를 위해 구하는 용서. 우리 가족이 속한 계급보다 지체 높은 마스토이 부족은 동생 사쿠르가 그들 부족의 아가씨, 살마에게 말을 걸었다며 고소를 했다. 동생은 겨우 열

두 살인데 살마는 스무 살이 넘었다. 우리 가족은 소작농들의 계급인 구자르 계급이었다.

우리는 동생이 아무런 잘못도 저지르지 않았다는 사실을 알고 있지만 마스토이들은 그렇게 생각하지 않았다. 그들이 동생에게 죄를 묻는다면 우리로서는 별다른 수가 없었다. 우리 구자르 계급은 그들에게 복종하는 수밖에 없었기 때문이다. 우리는 감히 마스토이 부족에게 맞서 정당하게 시시비비를 가려 줄 것을 요구하거나, 잘못된 결정에 대항할 수도 없었다. 우리는 항상 그래 왔고, 또 그것을 당연하게 받아들였다.

그것은 저마다의 운명이었다. 내가 마스토이 계급으로 태어났거나 남자로 태어났으면 좋았겠지만 어쨌거나 현실은 계급이 낮은 구자르 출신 여자였다. 하지만 남을 탓할 수는 없었다. 내 운명이니까.

가족회의가 열리는 동안 어두운 표정을 짓고 있던 아버지와 삼촌이 나를 향해 천천히 말문을 열었다.

"우리 부족의 몰라(mollah, 회교국의 종교 지도자나 율법 학자에 대한 경칭—역주), 압둘 라자크도 이제 두 손 다 들었다. 마을 자문위원위회에는 마스토이들의 수가 더 많은데 그로서도 어떻게 해 볼 수 없었다. 압둘 라자크도 할 만큼은 했어. 일을 제대로 봐주지 못했다고 그를 원망할 수는 없다. 지금 마스토이들은 화해를 거부한 채 무장 중이야. 마스토이들과 절친한 외삼촌 친구 람장 파사르가 지르가Jirga[1] 회원들의 화를 누그러뜨려 보려고 갖은 노력을 다 해 봤지만 그마저도 헛수고였다. 우리들에게 마지막 남은 카드는 이제 한 가지다. 구자르 부족 여자가 저들 부족에게 용서를 구해 보는 일 말이다. 그래서 말인데 우리는 네가 그 일을 해 줬으면 하는 바람이야. 아무리 생각해도 우리 집안 여자들 중에서 이 일을 해결할 수 있는 사람은 너밖에 없어. 그래서 우리는 너를 보내기로 했다.”

“그런데 왜 하필 저죠?”

나는 불안하게 눈을 깜박거리며 아버지와 삼촌에게 물었다.

“넌 남편과 합의이혼을 했고, 또 자식이 없잖니. 게다가 그 일을 맡아 처리할 수 있는 나이를 가진 여자는 집안에서 네가 유일해. 게다가 너는 코란을 가르치고 있어. 사람들로부터 존경을 받고 있기 때문이다.”

“하지만 전 자신이 없어요.”

“그래. 그게 쉬운 일이 아니라는 것은 안다. 하지만 가지 않으면 안 돼. 사쿠르를 그냥 저대로 놔둘 수는 없다. 그러니 네가 좀 수고해 줬으면 좋겠다.”

---

1) Jirga 혹은 Panchayat: 정식 재판과는 별도로 문제 해결을 책임지는 마을 법정

아버지와 삼촌이 그렇게 하기로 결정했다면 나로서는 더 이상 거부할 수 없었다. 설령 그 길이 다시는 돌아올 수 없는 길이라는 사실을 안다 해도 말이다. 그랬다. 나는 갈 수밖에 없었고 꼭 가야만 했다.

밖은 칠흑 같은 어둠이 내려앉은 한밤중이었다. 그 순간까지만 해도 나는 우리 가족과 마스토이들 간에 빚어지고 있는 심각한 마찰의 내막을 알지 못했다. 그 사건의 전모를 아는 사람들은 얼마 되지 않았다. 몇 시간 전부터 지르가에 참석한 남자들만이 내가 왜 법정에 서서 마스토이 부족에게 용서를 빌어야 하는지 알고 있을 뿐이다. 사건의 내막도 알지 못한 채 용서를 구해야 되다니! 농밀하게 내려와 있는 어둠처럼 내 마음은 답답하기만 했다.

사쿠르는 지금 마을에서 5킬로미터 떨어진 경찰서에 수감되어 있었다. 아버지는 사쿠르가 구타까지 당했다고 말했다.

정오 무렵, 집 근처 밀밭에 앉아 있던 사쿠르의 모습을 본 이후로 그는 보이지 않았다. 사쿠르가 잡혀 갔다는 사실을 모른 채 나는 동생을 찾아 온 마을을 돌아다녔다. 한데 정오부터 종려나무 위에 앉아서 가지치기를 하던 한 남자가 사쿠르의 행방을 알려 주었다.

"경찰들이 잡아갔어. 그들이 네 남동생을 마스토이 부족 마을에서 끌어낼 때 봤는데 피투성이더구나. 게다가 옷은 갈기갈기 찢겨 있었고 그때 얼마나 놀랐던지…… 지금 생각해도 가슴이 다 떨리는구나. 수갑을 차고 경찰들에게 끌려가는 네 동생에게 나는 말도 붙일 수 없었다."

그 남자는 행여 누가 옆에서 엿듣기라도 할까 봐 사방을 둘러보며 낮게 이야기했다. 그 말을 듣는 순간 내 가슴은 쿵, 하고 내려앉았다. 사쿠르가 끌려가다니! 그것도 마스토이 부족 마을에서 경찰에게 잡혀가다니, 불길한 예감이 내 등줄기를 훑고 지나갔다.

"일이 심상치 않은가 보더라. 그러지 않고서야 그렇게 피투성이까지 됐겠니?"

남자는 걱정스럽다는 투로 나를 쳐다보았다. 나는 숄로 얼굴을 가린 채 황급히 집으로 돌아왔다.

마을에서는 빠르게 소문이 돌기 시작했다. 마스토이들이 동생을 고소한 이유가 사쿠르가 마스토이 부족 소유의 사탕수수 밭에서 강간을 저질렀기 때문이라고 했다. 이제 겨우 열두 살 된 아이가 어떻게 스무 살이 넘는 여자를 강간할 수 있단 말인가.

사람들은 근심 어린 표정으로 나와 우리 가족을 염려했다.

"그 사람들이 무슨 짓을 저지를지 모르는데 큰일이야."

"지르가에서 현명한 판결을 내려야 할 텐데……."

"설마, 큰일이야 벌어질라고? 일을 크게 벌이고 싶지 않으면 그냥 조용히 기다리고 있을 수밖에 방도가 없지."

사람들의 표정은 다들 복잡했다. 그도 그럴 것이 마스토이들은 그런 종류의 보복을 하는 것에 익숙했고, 또 잔인했기 때문이었다.

그들은 대단히 폭력적이며, 그들 부족의 족장은 마을 안팎의 영향력 있는 많은 사람들과 교분을 나누고 있는 세도가였다. 우리 가문 그 누구도 용감하게 그들 집으로 찾아가서 사쿠르를 석방해 주라고 요청할 엄두를 내지 못했다. 다만 숨죽인 채 가만히 앉아서 그들의 처분을 기다리는 수밖에 없었다.

마스토이 부족의 사내들은 무장을 한 채로 우리같이 낮은 계급이 사는 집은 아무 곳이나 불쑥 들어가 약탈하고, 짓밟고, 겁탈할 수 있었다. 계급이 낮은 구자르들은 원칙적으로 마스토이들의 의지에 복종하는 수밖에 별도리가 없었다. 그것은 계급이 주는 불평등이자, 불합리한 일이었다. 하지만 어쩔 것인가. 그 같은 모순은 계급 자체의 본질인 것을.

종교가 주는 교훈적이고도 윤리적인 이성에 호소해 동생을 구하려고 애써 보았지만, 성과가 없었다. 더구나 우리 가족들 중 그 누구도 마스토이 부족들과 협상을 하고, 대화를 나누면서 궂은일을 해결하는 데 익숙한 사람은 없었다. 용서를 구할 사람으로 지목된 나 역시 마찬가지였다. 더구나 나는 여자였고, 사회 경험 또한 전혀 없었다. 사회적 경험이 전무한 터라 나는 어떻게 용서를 구해야 하는지도 알 수 없었다. 다만 집안 사람들이 시키는 대로 할 뿐이었다. 하지만 나는 사쿠르의 안위는 내가 하기 나름이라는 것을 막연히 깨닫고 있었다.

아버지는 우리 힘으로는 도저히 뒷일을 감당할 수 없다는 사실을 깨닫고는 경찰서를 찾아가 사쿠르를 폭행한 마스토이 사람들을 신고했다. 아버지는 무슨 수를 써서라도 사쿠르를 구해 오는 것이 아버지가 해야 할 역할이라고 생각했다. 나는 아버지의 심정을 이해할 수 있었다. 그리고 아버지가 현명하다고 생각했다. 그냥 손을 놓은 채 무기력하게 앉아서 그들의 처분이나 기다리고 있는 것은 일을 원만하게 해결하는 데 있어서 아무런 도움이 되지 않았다.

오만한 마스토이들은 미천한 농부 구자르 주제에 감히 자신들에게 고개를 뻣뻣이 쳐들고 맞서는 것도 모자라, 자신들의 집으로 경찰까지 출동시킨 것에 노발대발하며 고소 내용을 바꿔 버렸다. 그들은 살마를 욕보인 사쿠르를 감옥에 수감시킨다면 자신들의 집에 감금해 놓고 있는 동생을 풀어 주겠다고 경찰들에게 말했다. 게다가 마스토이들은 사쿠르가 감옥에서 출소하는 즉시, 자신들에게 다시 인계해야 한다고 못 박았다.

그들은 사쿠르를 지나(zina) 취급했다. 파키스탄에서 '지나'
는 강간이나, 간통, 혹은 혼외정사와 같은 범죄를 저지른 사람
취급을 한다는 뜻이었다. 이슬람법 샤리아(sharia)에 따르면,
사쿠르는 사형감이었다.

경찰은 그들의 조건을 수락했다. 그리고 사쿠르를 감옥에 가
뒀다. 경찰이 사쿠르를 가둔 이유는 사쿠르가 마스토이들로부
터 고소를 당했기 때문이기도 하지만, 그보다는 자신들이 직접
심판을 하겠다고 나서는 폭력적인 마스토이들로부터 그를 보
호하기 위한 안전조치이기도 했다.

아무튼 그날 오후도 되기 전에 사쿠르가 경찰에게 끌려갔다
는 사실을 마을 전체가 다 알아 버렸다. 아버지는 집안 여자들
의 안전을 우려해 어머니를 비롯한 우리들을 이웃집으로 데려
가 피신시켰다. 우리는 마스토이들이 항상 지체 낮은 여성을
표적 삼아 보복을 자행한다는 것을 알고 있었다. 때문에 우리
는 그 누구도 안전할 수 없었다.

나는 사쿠르를 위하고, 집안 여자들의 안전을 보장받기 위해
집안 대표로 그들에게 용서를 구해야만 했다. 내 어깨에 집안
의 안위가 달려 있었다. 마을 부족 회의인 지르가 회의에 운집
한 마을의 모든 남성들 앞에서 굽실대며 용서를 구하는 일이란

쉽지 않을 터였다. 하지만 나는 해야 했다. 집안 회의에서 나를 대표로 보내기로 결정했다는 소식을 들은 나는 한동안 아무것도 손에 잡히지 않았다.

지르가 회의는 마스토이 부족의 농장 앞에서 열렸다.

나는 어렴풋이 그 농장에 대해 알고 있었다. 이름만 들어도 오금을 저리게 하는 그 농장은 우리 소작지에서 300미터도 채 떨어지지 않은 곳에 있었다. 그들은 높다란 담장 위에다 테라스를 설치해 놓고, 그곳에서 영토의 주인 행세를 하며 주변을 경계했다.

"무크타르, 채비를 하고 우리를 따라나서 거라."

아버지는 나를 채근했다.

그날 밤 아버지를 따라나선 길이, 우리의 작은 소작지에서 마스토이들의 부유한 농장으로 이어지는 길이, 내 인생을 영원히 바꿔 놓을 줄은 꿈에도 몰랐다. 아버지의 뒤를 따라 마스토이 농장으로 향하는 길을 걸어갈 때까지만 해도 나는 모든 게 다 잘되리라 믿었다. 아니, 믿고 싶었다. 나는 신을 믿었고, 신께서는 결코 나를 저버리지 않으시리라는 믿음이 있었기 때문이었다.

그러면서도 나는 어쩔 수 없이 운명이란 단어를 떠올렸다.

그랬다. 그 길이 길고 짧은 것은 내 운명에 달렸을 것이라고 생각했다. 만약 사내들이 내가 구하는 용서를 수락해 준다면 길은 그만큼 짧을 것이고, 그렇지 않다면 참으로 길고 험난한 길이 될 터였다. 나는 될 수 있으면 부정적인 생각에서 벗어나기 위해 코란을 외웠다. 그리고 코란을 끌어안으며 내게 부여된 임무를 최선을 다해 완수하겠노라 다짐했다. 코란은 나의 수호신이 될 터였다.

그러나 나의 그런 의지와는 상충되게 겁이 났다. 한 번 나를 사로잡은 겁은 자꾸만 내 걸음을 방해했다. 집안 여자들 가운데 왜 하필 나일까 하는 원망도 생겼다. 하지만 동생 사쿠르가 풀려날 수 있는 유일한 가능성이었다. 아버지가 달리 선택할 수 있는 방도도 없었으며 아버지도 고심 끝에 내린 결정이었다.

마을에는 여학교가 없었기 때문에 나는 스물여덟 살이나 되었지만 그때까지 글을 읽을 줄도 쓸 줄도 몰랐다. 하지만 나는 코란을 외웠고, 이혼한 뒤부터는 마을 아이들에게 무료로 코란을 가르치고 있었다. 그것은 내 자랑이고 힘이었다.

나는 흙길 위를 걸었다. 아버지는 마스토이 농장이 가까워지자 내 뒤로 물러났다. 내 뒤를 따르는 이는 아버지만이 아니었다. 삼촌과 지르가 회의가 열리는 내내 발 벗고 나서서 중재자 역할을 했던 다른 카스트 소속인 친구 굴암나비가 나를 따라나섰다. 그들은 내 안전을 염려했다. 심지어 나를 보내는 것을 망설이던 삼촌마저도 내 뒤를 따라나섰다. 하지만 나는 바로 코앞에 절벽이 있는 데도 불구하고 사리 분별을 못하는 아이처럼 성큼성큼 앞으로 걸어 나갔다. 그 순간 어찌 내 앞에 도사리고 있을 위험을 알 수 있었겠는가.

나는 단 한 번도 잘못을 저지른 적이 없었다. 나는 신앙인이었다. 이혼한 이후로 나는 마치 의무인 양 남자들을 멀리한 채 가족들과 함께 조용하고도 아주 차분한 삶을 살고 있었다. 다른 여자들을 험담하는 경우는 자주 있어도 날 험담하는 사람은 아무도 없었다. 이를테면 살마는 과격한 행동으로 정평이 나 있었다. 그녀는 이야기를 할 때마다 고함을 치듯 시끄럽고 부산스럽기 짝이 없었다. 게다가 그녀는 원하는 시간에 외출하고, 가고 싶은 곳을 쏘다녔다. 이곳에서는 자유분방한 여자들은 용납되지 않았는데도 말이다. 마스토이들은 그녀와 관련된 무언가를 숨기려고 순진하기 짝이 없는 내 남동생을 이용했을 수도 있었다. 가엾은 사쿠르. 그는 운이 나빴을 뿐이다.

어쨌거나 결정은 마스토이들이 내리고 구자르들은 복종해야 했다.

낮 동안의 더위는 좀처럼 가시지 않았다. 6월의 밤은 푹푹 쪘다. 그 더위 속에서도 새들과 염소들은 곤히 잠들어 있었다. 그런데 내 발걸음을 감지했는지 적막한 어둠 속 어디선가에서 개 짖는 소리가 나는가 싶더니, 이내 사람들의 불온한 웅성거림이 그 적막을 깨뜨렸다.

나는 웅성거림을 표지 삼아 앞으로 걸어 나갔다. 내가 가야 할 곳이 그곳이었기 때문이었다. 멀리 마스토이 농장 입구임을 표시하기 위해 켜 놓은 불빛이 눈에 들어왔다. 어둠 속에서 유일하게 반짝이는 그 불빛이 그날따라 유난히 밝게 빛났다. 불빛이 날아오는 그곳으로부터 분개한 사내들의 음성도 들려왔다.

'나는 저들의 분노를 잠재우기 위해 왔다.'

나는 스스로에게 다짐하듯 속으로 말했다. 농장에 더 가까이 다가가자 불빛을 받고 서 있는 사람들의 모습이 내 눈에 들어왔다.

백 명, 아니 어쩌면 백오십여 명쯤 되어 보이는 사람들이 회교 사원 옆에 운집해 있었다. 그들 대부분은 마스토이 부족 사람들이었다. 지르가를 쥐락펴락하는 이들이 바로 그들이었다. 온 마을 사람들로부터 지지를 받는 몰라조차도 그들을 어쩌지 못했다.

나는 몰라를 찾기 위해 여기저기를 둘러봤지만 그는 거기에 없었다. 내 눈에 밟히는 건 험상궂은 표정으로 우리의 일거수일투족을 지켜보고 있는 마스토이 부족 사람들이었다. 우리 문제를 해결하는 방법 차이로 마스토이들과 마찰을 빚던 몇몇 지르가 멤버들이 우리를 그곳 땅주인 마스토이들에게 떠맡긴 채, 떠나 버린 것인지 알 수 없었다. 그들이 어디 있는지 그들을 찾을 만한 상황 역시 되지 못했다. 현재 내 앞에 남아 있는 지르가 멤버들은 페즈라 부르는 그 부족의 대표 페즈 모함메드와 압둘 칼이크, 굴암 파리드, 알라 디타, 그리고 모함메드 피아즈 등 네 명의 남자뿐이었다. 그들 가운데 세 명은 소총을, 그리고 한 명은 권총을 차고 있었다.

우리가 농장에 도착하자마자 그들은 우리를 향해 총을 겨누었다. 마스토이들은 그곳에 모인 우리 부족 사람들을 쫓아 버리기 위해 총부리를 들이대며 겁을 주었지만, 아버지와 삼촌은 미동도 하지 않았다. 총은 금방이라도 불꽃을 토해 낼 것처럼 긴장돼 보였다. 그들의 표정 또한 험악하기 그지없었다. 그들은 여자라고 해서 절대로 봐주는 법이 없었다. 오히려 그들에게 여자는 가장 만만한 상대였다. 하지만 그들은 이내 자신들의 우두머리 페즈에 대한 경외감을 표시하기 위해 내 뒤로 물러섰다.

마스토이들은 자신들의 패거리를 우리 구자르 쪽 사람들 뒤에 배치시켰다. 위협적이며, 흥분에 들떠 있고, 조급증에 걸린 듯한 인간 장벽이 우리를 중심으로 생겨났다. 그랬다. 우리는 포위된 것이나 다름없었다. 나는 그 서슬 푸른 분위기에 압도당해 버렸다. 쿵쿵쿵. 내 귀에도 들릴 만큼 심장이 뛰었지만 나는 아버지와 삼촌에게 내가 떨고 있다는 것을 내색할 수 없었다. 어디까지나 내 동생 사쿠르의 안위는 내 행동에 달려 있기 때문이었다. 나는 아버지와 삼촌에게 걱정을 끼쳐 드리고 싶지 않았다. 그래도 아버지와 삼촌이 있었기에 그만큼 했지 그들마저 없었더라면 나는 숨도 쉬지 못했을 것이다.

나는 마스토이 부족에게 충성 서약을 하기 위해 가지고 간 숄을 그들 발치 아래에 펼쳤다. 그리고 손을 신성한 책 위에 얹은 채 코란의 한 구절을 읊조렸다. 내가 코란 구절들을 직접 읽지 못하고 말로 들려준 것을 외우고 있지만 나는 자신했다. 그곳에서 나를 경멸의 눈으로 쳐다보고 있는 짐승 같은 사람들보다는 내가 더 그 신성한 텍스트를 잘 파악하고 있다는 사실을 말이다.

마스토이들의 실추된 명예를 회복할 수 있도록 내가 용서를 구할 때가 됐다. 그런데 내 마음속에는 한 가지 의문이 오롯이 고개를 쳐들었다. '5대 강이 흐르는 지방'이란 뜻의 펀자브는 '순수한 사람들의 지방'이란 이름도 지니고 있었다. 그런데 누가 순수하단 말인가? 누가 순수하다는 뜻의 이름을 지닌 지방의 대표성을 가지고 있는가?

나는 여전히 마스토이들의 소총과 험상궂은 얼굴에 압도당해 있었다. 특히 그들 패거리의 두목이자 엽총으로 무장한 큰 키의 건장한 페즈에게 더욱 그랬다. 증오감으로 가득 찬 그의 시선은 마치 불처럼 이글거렸고 금방이라도 나를 집어삼킬 듯 노려보고 있었다. 나는 두려웠지만 두려운 기색을 보이지 않기 위해 내심 오기를 세웠다. 내가 비록 사회적으로 미천한 계급 소속이긴 하지만 내게도 구자르로서의 명예가 있었다.

우리가 속한 가난한 소작농들 역시 수세기에 걸친 장구한 역사를 지니고 있었다. 내가 그 세세한 역사는 잘 알지 못하지만, 그래도 그 역사는 바로 내 것이며, 내 피 속에 흐르고 있다는 사실을 나는 느꼈다. 그것은 또 하나의 자긍심이었다. 나쁜 짓을 하지 않고, 땅에 엎드려 자연에 순응하며 착하게 살아가는 사람들이 바로 내 형제고 아버지이며, 내 할아버지였고 내 조상들이었다. 땅에 씨앗을 뿌리고 뿌린 대로 거두는 농부들은 모두 심성이 착하다. 그들은 자신들이 일한 만큼 소출을 거둘 뿐이다. 게으름을 부리면서 많은 것을 요구하지 않는다.

나는 내심 저 짐승 같은 자들에게 구하는 이 용서는 내 개인의 명예를 더럽히지 않는 요식행위에 불과하리라 여겼다. 나는 머리를 숙이며 용서를 구하기 시작했다. 분개한 사내들의 웅성거림에 내 소리가 묻히지 않도록 목청껏 외쳤다.

“제 동생이 죄를 지었다면 제가 동생 대신 용서를 구할 테니 동생을 석방해 주시기 바랍니다.”

그들에게 압도당했던 것과는 달리 의외로 내 목소리는 떨리지 않았다. 말을 마친 나는 고개를 들고 답변을 기다렸지만 페즈는 아무 말 없이 경멸 어린 표정으로 고개만 절레절레 내저었다. 잠깐 동안 침묵이 흘렀다. 나는 마음속으로 기도를 드렸다. 그의 말 없음과 경멸 어린 표정은 무엇을 뜻하는가. 우기 때 치는 천둥 번개처럼 일순간 두려움이 나를 지배했다. 그리고 감전이 된 듯 내 몸은 그 두려움에 경직되어 버렸다.

“제발, 이렇게 용서를 구합니다. 내 동생 사쿠르를 석방해 주십시오.”

나는 다시 한 번 용서를 구했다. 여전히 그는 싸늘한 시선으로 나를 내려다보고 있었고, 그의 눈이 안 된다고 말하고 있었다. 그제야 나는 그가 애당초부터 용서를 해 줄 의향이 없었다는 사실을 알아차렸다.

그는 마을 사람들 앞에서 자신의 복수심을 해소할 도구로써 구자르의 여자를 원했던 것이다. 페즈를 비롯한 마스토이 사내들은 다른 지르가 멤버들은 물론, 몰라와 아버지 그리고 우리 가족 모두를 기만한 것이다.

그 사내들 역시 지르가의 한 일원이었다. 마스토이 부족 출신의 부족 회의 멤버들은 자신들이 직접 구자르의 여자를 윤간 하겠다는 사상 초유의 평결을 내린 뒤 그 평결을 일컬어 '명예로운 심판'이라 불렀다. 힘을 과시함으로써 자신들의 권력을 공고히 하겠다는 속셈으로 페즈의 동생들은 평결을 속히 집행하자고 성화를 부렸다.

"결정을 내렸으니 속히 형을 집행합시다."

"지체할 이유가 없으니 빨리 집행하도록 합시다."

페즈가 만족한 표정으로 그들을 바라보더니 이내 큰 소리로 외쳤다.

"여자가 여기 있다! 니들 맘대로 처리해라!"

페즈의 말이 내 심장에 비수처럼 꽂혔다. 여전히 날은 푹푹 쪘고, 그곳에 모인 사람들 가운데 페즈가 내린 판결의 부당성에 대해 이의를 제기하는 사람은 없었다. 그도 그럴 것이 그곳에 모인 지르가 회의 멤버들은 모두 마스토이 부족 출신들이었다.

"부탁입니다. 제발, 용서해 주십시오. 제가 이렇게 용서를 구합니다."

나는 거의 울부짖듯 애원했다. 내 말은 무참히 나를 끌어내는 그들의 발아래 짓밟혀 버렸다.

내가 그곳에 있다는 페즈의 말은 사실이었지만 그 순간만큼은 나는 내가 아니었다. 경직된 내 몸과 후들거리는 내 다리는 더 이상 내 것이 아니었고, 내 몸도 내 것이 아니었다. 그랬다. 내 몸을 내가 주관하지 못하고 그들이 통제하고 있는 그 순간, 내 몸은 그들 것이었다. 그들이 나를 어떻게 할지는 빤한 일이었다.

나는 기절 일보 직전이었다. 하지만 나는 땅바닥에 쓰러질 겨를도 없었다. 그들은 마치 도살장으로 염소를 끌고 가듯 나를 강제로 끌고 갔다. 사내들의 팔이 내 팔을 잡고, 옷을 그러잡고, 숄을 잡고, 머리채를 감아쥐고서는 어딘가로 나를 질질 끌고 갔다. 그들의 우악스런 힘을 도무지 당해 낼 수 없었다. 내가 반항하며 버둥거릴수록 나를 움켜잡은 그들의 악력은 더 거칠고 세져만 갔다. 나는 비명을 질렀다.

"코란의 이름으로 제발 절 풀어 주세요! 신의 이름으로 제발 절 풀어 주세요!"

그들은 어딘지 모를 밀폐된 공간으로 나를 끌고 갔다. 벽면에서 스며 나오는 냄새가 퀴퀴했고, 작은 창문으로 스며드는 달빛에 네 명의 사내 모습이 보였다. 그리고 벽 네 개와 문이 하나 있고 그 문 앞에 무장한 실루엣이 드러났다. 나는 한밤중에, 캄캄한 바깥에서 캄캄한 안쪽으로 짐짝처럼 옮겨진 것이다. 출구는 어디에도 없었다. 뿐만 아니라 그 어떤 간청도 통하지 않았다.

나는 제물이었다. 그들의 명예 회복을 위한 제물. 내 명예는 그들의 명예를 위해 철저히 유린당했다. 마스토이의 남자들은 나를 텅 빈 외양간의 딱딱한 흙바닥에서 윤간했다. 네 명의 사내였다. 나는 어느 순간 살려 달라는 말조차 나오지 않았다. 스물여덟 해를 살아오는 동안 그토록 처절하게 몸부림을 쳐 본 적이 없었다. 나는 사력을 다해 그들을 거부했다. 손가락 하나, 발가락 하나, 육신의 모든 말단까지, 나는 내 모든 육신을 그들을 물리치는 무기로 사용했다. 하지만 그들의 완력을 여자인 내가 당해 낼 수는 없었다. 더구나 그들은 네 명이었고, 나는 혼자였다. 나는 기력을 소진해 버렸다. 그들로부터 도망치기 위해 발버둥을 치다가, 끝내 탈진하고 말았다.

그 치욕적인 고문이 얼마 동안이나 지속됐는지 모른다. 한 시간, 아니면 하룻밤 동안 계속됐는지 그것도 가늠할 수 없었다. 다만 내가 알 수 있는 것은 내 몸을 헤집고 들어오는 사내들이 무자비했다는 것뿐이었다. 그들이 한 명씩 나를 거쳐 갈 때마다 나는 그만큼 삶에서 멀어져 갔다.

어느 순간부터 나, 우리 아버지 굴암 파리드의 큰딸인 무크타르 마이는 의식을 잃어버렸다. 의식을 잃음으로써 비로소 그들의 만행으로부터 자유로워질 수 있었다. 하지만 잠시였다. 죽음 같던 그 의식의 정지 상태에서 잠시 찾아온 자유였을 뿐이다. 나는 그 짐승 같은 녀석들의 얼굴을 결코 잊지 못할 것이다. 어찌 잊을 수 있겠는가.

그들한테 있어서 여자라는 존재는 한낱 소유물이나 명예, 혹은 복수의 대상일 뿐이다. 그들은 오만방자한 자신들 부족의 전통과 견해에 따라 여자와 결혼하거나 혹은 여자를 욕보였다. 그렇게 능멸당한 여자는 자살할 수밖에 없다는 사실을 알면서도, 그들은 아무런 죄의식도 느끼지 않고 일을 저질렀다. 구태여 그들이 무기를 사용할 필요도 없었다. 겁탈은 여자를 죽이는 결과를 낳으므로. 우리 사회에서 겁탈은 곧 죽음을 의미함으로 그 순간 여자는 죽는 것이나 매한가지였다. 애써 자신들의 무기를 사용하지 않더라도 겁탈당한 여자는 스스로 제 목숨을 끊는 것이다. 그랬다. 겁탈은 최종 무기였고, 겁탈은 다른 부족을 능멸하는 도구였다.

어쨌거나 마스토이 부족 남자들의 처분에 맡겨진 나는 더 이상 사람이 아니었다. 그들이 날 두들겨 팰 필요도 없었다. 부모님은 그들의 위협에 겁먹기도 했지만 동생이 수감되어 있는 터라 전전긍긍하며 그들에게 감히 대항하지 못했다.

다시 정신이 든 나는 꾹 참고 견디는 수밖에 없었다. 아니, 참고 견딜 것도 없었다. 나는 그들에게 짓밟히면서 사는 것보다 죽는 것을 생각했다. 치욕을 견딜 자신이 없었고, 내 명예는 내가 스스로 내 목숨을 절단 냈을 때만 회복될 수 있었다. 나를 윤간함으로써 명예를 회복하고자 하는 그들의 태도와는 달라도 많이 달랐다. 이것이 가진 자와 가지지 못한 자, 신분이 높은 자와 낮은 자, 남자와 여자의 다른 점이었다.

어지간히 욕을 보였다고 생각했는지 그들은 나를 밖으로 내쫓았다. 집 안에 잘못 들어온 골치 아픈 짐승도 그런 식으로 쫓아내지는 않을 것이다. 밖에는 사람들이 나를 기다리고 있었다. 안으로 끌려 들어갔을 때와 마찬가지로 짐짝처럼 내동댕이쳐진 내 뒤에서 나무 문짝 두 개로 된 대문이 소리 나게 닫혔다. 나는 수치스러운 외톨이 신세가 되어 버렸다. 그리고 한순간에 모든 사람들의 구경거리로 전락했다. 당시 내가 어땠는지는 표현조차 할 수 없다.

"무크타르. 무크타르."

어디선가 아버지의 음성이 들리는 듯했다.

"애야. 무크타르. 가엾은 아이."

재차 들리는 소리는 환청은 아니었다. 아버지였다. 나를 기다리고 있던 사람들 가운데 아버지가 있었다. 하지만 나는 고개를 들고, 눈을 들어 아버지를 똑바로 쳐다볼 수 없었다. 그 순간 나를 위로해 주거나 나를 구원해 줄 것은 아무것도 없었다. 그랬다. 아무도, 그리고 아무것도 없었다.

나는 아무 생각이 없었다. 짙은 안개가 내 머릿속을 가득 메웠다. 그들이 나를 고문하던 순간들과 그 밑에서 부질없는 몸부림을 멈춘 채 죽음만을 생각하던 그 무기력하던 이미지들이 짙은 안개 속으로 자취를 감췄다.

나는 등을 구부린 채 걸었다. 얼굴을 가린 숄이 내게 남은 유일한 체면이었다. 그 숄 밑으로 나는 숨었다. 사람들로부터, 그리고 내 자신으로부터. 나는 발길 닿는 대로 걸었다. 안개가 가득 찬 내 머리는 목적지를 일러 주지 않았다. 정처 없이. 그래, 딱히 가야 할 곳도, 가고 싶은 곳도 없었다. 하지만 무의식은 나를 지배하고 있었다. 나는 본능적으로 가족이 있는 집으로 향하고 있었다. 아버지와 어머니와 동생들이 있는 곳. 가족이 있는 곳. 따듯한 대화와 사랑이 있는 곳.

나는 집으로 향하는 그 길을 유령처럼 걸었다. 그런 내 뒤를 아버지와 삼촌, 그리고 삼촌의 친구 람장이 뒤따랐다. 하지만 나는 그들을 의식하지 않았다. 마치 그 순간 나는 그들이 나와는 전혀 다른 세계에 살고 있는 사람처럼 여겨졌다. 저승과 이승의 차이처럼 그들과 내 세계의 간극은 너무나 멀었다. 내가 속해 있는 곳은 저승이었고, 그들이 속해 있는 세상은 살아 있는 사람의 세상이었다. 그들 역시 무장한 마스토이 남자들이 들이대는 소총의 위협 아래서 꼼짝 못하고 서 있다가, 내가 쫓

겨날 때 비로소 마스토이들한테서 풀려난 것이었다.

집 앞에서 엄마가 울고 계셨다. 상심으로 일그러진 눈에서는 끊임없이 눈물이 흘러내렸고, 그녀의 얼굴은 눈물로 범벅이 돼 있었다.

나는 어머니 앞을 유령처럼 지나쳐 갔다. 넋이 나가 한마디도 할 수 없었을 뿐만 아니라 달리 할 말도 없었다. 내가 무슨 말을 할 수 있었겠는가. 내가 남자들로부터, 그것도 한 명이 아닌 네 명의 남자들로부터 겁탈을 당했다는 소리를 내 입으로 어떻게 말할 수 있단 말인가. 다른 여자들 역시 말없이 내 뒤를 따랐다. 집에 있는 방 가운데 여성들만이 전용으로 쓰는 방이 세 개가 있었는데, 나는 그중 한곳으로 들어가 짚으로 짠 침대에 누웠다.

내 몸 위로 이불이 덮였다. 나는 더 이상 꼼짝도 할 수 없었다. 방금 전 내 삶이 너무도 끔찍하게 뒤흔들린 터라 내 머리와 몸이 현실을 거부했다. 나는 그와 같은 폭력이 가능하리라고 상상도 하지 못했다. 물론 다른 여자들이 겪었던 이야기에 대해서는 들어보긴 했지만 그것이 나에게 일어나리라는 것은 한 번도 생각해 보지 않았었다. 그런 이야기는 단지 다른 사람들에게나 일어나는 사건이었던 것이다.

나는 우리 고장 여자들이 그렇듯 아버지와 큰오빠의 보호를 받으며 살아가는 데 익숙해 있었다. 한데 순식간에 삶이 뒤바뀌어 버린 것이다.

나는 열여덟 살에 가족이 시키는 대로 생면부지의 남자와 결혼했었지만 아버지의 도움 덕에 꽤 신속하고도 별 잡음 없이 그 남자와 합의이혼한 상태였다. 내 남편이었던 사람은 게으르고 나태한 남자였다. 그나마 그가 이혼을 해 준 것은 고마운 일이었다.

이혼한 뒤로 나는 우리 동네 경계선 너머, 즉 바깥세상으로부터 안전이 보장되는 곳에서 칩거 생활을 해 왔다. 다른 모든 여자들처럼 문맹이었던 내가 집안일 이외에 할 수 있는 일이라고는 두 가지 활동밖에 없었다. 그 하나는 무보수로 아이들에게 코란을 가르치는 일이었고, 다른 하나는 가족의 보잘것없는 수입에 보탬이 되기 위해 내 장기인 자수를 여자들에게 가르치는 것이었다. 내가 아이들에게 코란을 가르쳤다고 해서 내가 읽을 줄 아는 것은 아니었다. 나는 스승이 읽어 주는 코란을 암기했고, 암기한 대로 가르쳤던 것이다. 그래도 이 일들은 나를 견디게 해 주는 소중한 일이었고, 또 자부심을 느끼고 있었다. 나는 코란을 가르치고 있었다. 정말, 그 일은 나에게 자랑이었다.

그러나 내 일상 가운데 대부분은 집안일을 하는 데 쓰여졌다. 해가 떠서 질 때까지, 부모님의 소작 농지에 매달려 하루하

루를 꾸려 가야 하는 내 삶은 추수와 더불어 농사와 관련된 일
상생활의 리듬에 맞춰 흘러갔다. 결혼으로 인해 내가 우리 가
정이 아닌 다른 가정에 가서 잠깐 지내는 동안, 내가 깨우친 것
들을 빼고 나면 내 삶도 내 주변 여자들이 겪는 삶과 전혀 다를
바 없는, 동일한 삶이었다. 지금까지의 생활에 불만은 없었다.

그렇게 평온하던 내 삶에 운명이 들이닥친 것이다. 미처 준
비할 시간도 없이. 그렇게 무방비로 있다가 나는 운명의 문턱
에 걸려 넘어지고 말았다. 하긴 준비할 시간이 주어진다고 한
들 내가 무얼 준비할 수 있었겠는가. 그들로부터 어떻게 도망
칠 수 있을까. 나는 그 형벌을 이해하지 못한다. 나는 말 그대
로 죽은 거나 다름없다. 생각할 수도 없고, 너무나 모골이 송연
해서 나를 경직시켜 버리는 이 고통도 견뎌 낼 수 없다.

"오, 아가야. 아가야."

내 주변의 모든 여자가 눈물 바람을 했다. 나는 내 머리와 내
어깨를 만지는 동정의 손길들을 느꼈다. 어린 내 여동생들이
흐느꼈지만 나는 미동도 하지 않았다. 집안 모두를 감염시켜
버린 나의 불행이 낯설기만 했다. 사흘 동안, 나는 생리적 욕구
를 제외하곤 방 밖으로 나가지 않았다. 먹지도, 울지도, 입을
열지도 않았다.

어머니가 나를 위로했다.

"무크타르, 잊어야 한다. 다 끝난 일이야. 경찰이 네 동생을 풀어 준 댄다. 네가 해냈어. 네가 동생을 구했단다."

어머니는 사쿠르가 돌아온다는 말에 안도의 한숨을 내쉬면서도 또 한편으로는 내 일을 안타깝게 여기며 눈물 바람을 했다. 나는 어머니의 말에 아무런 말도 할 수 없었다. 사쿠르가 돌아온다는 말도 그저 남의 일처럼 여겨졌다.

어머니는 내 머리를 쓰다듬었다. 어릴 적에 그러했던 것처럼. 나는 그때로 돌아가고 싶었다. 철없던 그 시절, 꿈 많던 어린 시절로 말이다.

우리 집안의 사건을 두고 마을 사람들은 수군거렸다.

"사쿠르가 잘못한 거야. 걔가 살마를 겁탈했잖아……."

또 다른 말도 들렸다.

"무크타르는 몰라의 말대로 마스토이 남자와 결혼을 해야 돼. 그리고 사쿠르는 살마와 결혼하고. 그런데 살마가 그걸 반대한대잖아, 그러니 살마 잘못이지."

말하는 이에 따라 소문은 검은 까마귀가 되었다가 순식간에 흰 비둘기가 되는 것처럼 변화무쌍했다. 발 없는 말은 참으로 빨리 마을 전체로 퍼져 나갔다. 누구의 말이 진실인지 알 수 없었다. 사람들은 저마다 자신의 말이 진실이고, 정당하면서도 원만한 해결 방안이었다고 주장했다. 그들을 원망하고 싶은 생각은 없었다. 사쿠르의 편을 들든, 살마의 편을 들든 나는 개의치 않았다. 일은 벌어진 뒤였고, 나는 이미 회생 불능 상태였다.

"아니야. 처음 일을 만든 사쿠르가 잘못한 게야."

"설령 그렇더라도 전통적인 관습을 따랐어야지. 살마는 사쿠르와 혼인하고, 무크타르는 그 집안 남자와 결혼했어야 했어."

"사쿠르가 잘못했어."

사람들은 서로 지지 않으려 했다. 사람들의 말만 듣고 처음에는 누구의 잘못인지 혼란스러웠지만 시간이 지나면서 차츰 나는 이 모든 사태의 원인을 깨달았다.

만약 분쟁이 생길 경우 피해자와 가해자 간의 타협점을 찾기 위해 지르가 내부 회의가 열리는데, 그 회의는 통상적으로 몰라인, 압둘 라자크의 집에서 열리게 돼 있었다. 하지만 이번에는 일반적인 규칙을 깨고 마을 한복판에 위치한 거리에서 그 담판이 이루어졌다는 것이 문제였다. 마스토이 남자들이 처음부터 계획적으로 나를 겁탈하기 위해 꾸민 술수였던 것이 드러나는 대목이었다. 순진하게도 아버지를 비롯한 우리 가족은 그들의 계획을 전혀 눈치 채지 못했다.

그 전통적인 부족 회의는 헌법의 체계와 무관하게 진행됐다.

하지만 지르가 회의는 원칙적으로 쌍방 간의 이해관계를 최대한 고려해 두 당사자가 숙려 기간을 갖도록 유도할 책임도 있었다. 마을 사람들이 지르가를 선호하는 이유는 무엇보다도 정식 재판 비용이 너무 비싸다는 데 있었다. 대부분의 소작농들은 변호사 비용을 지출할 때 그 비용을 감당할 수가 없었기 때문이다.

강간범으로 피소된 내 동생 사쿠르에 대해 지르가가 왜 지금까지 자신의 어떤 마음도 보이지 않았는지 궁금했지만 나 또한 아는 것이 아무것도 없었다. 아버지와 삼촌은 거기에 대해 입도 벙긋하지 않았을 뿐만 아니라, 나를 포함한 집안 여자들은 남자들이 내린 결정에 대해 거의 아는 것이 없었다. 그러나 마을에 떠도는 소문들을 접하며 나는 내가 당한 형벌에 대해 점차적으로 이해하기 시작했다.

사쿠르는 살마와 시시덕거리다 현행범으로 붙잡힌 듯했다. 또 다른 소문들에 따르면 사쿠르는 밭에서 사탕수수 밑동을 훔쳤을 거라고도 했다. 어쨌거나 마스토이들이 처음에 주장했던 것들은 그런 거였다. 그들은 동생을 사탕수수를 훔친 도둑으로 내몰고는 동생을 납치해 구타하고, 그것도 모자라 비역질로 능멸했다. 세상에 비역질이라니. 짐승 같은 그들은 여자인 나뿐만이 아니라 사쿠르에게도 그 짓을 했던 것이다.

사쿠르는 사건이 터진 한참 뒤에야 비로소 이런 사실들을 아버지에게 털어놨다. 동생은 여러 번 탈출을 시도했었으나 그때마다 붙잡혀 호되게 맞았다고 했다. 그러고도 그들은 지르가 모임에서 남동생의 죄목을 음흉하게 날조하기 위해, 사쿠르가 숫처녀로 짐작되는 살마와 성적인 접촉을 가졌을 거라는 새로운 이야기를 조작해 냈다. 끔직한 범죄를 뒤집어 씌우기 위해서는 무슨 말이라도 만들어 내야 했을 것이다.

소녀들은 소년들과 눈도 마주쳐서는 안 되는 게 우리가 사는 세상의 규약이고 전통이며, 관습이고, 또 종교적 구속이다. 만약 어떤 여자가 어쩔 수 없이 어떤 남자의 곁을 스쳐 지나가야 할 경우 고개를 숙이고 지나가야 했다. 절대 남자와 눈을 마주쳐서는 안 됐다. 나는 집안 뜰을 지나가던 사쿠르와 마주칠 때면 동생인 데도 불구하고 감히 고개를 들 엄두조차 내지 못한다. 동생은 열두 살이나 혹은 열세 살쯤 된 사춘기 어린 소년에 불과한 데도 말이다.

우리 마을 사람들은 출생 날짜에 그리 신경을 쓰지 않는다. 그런 탓에 다들 정확한 나이를 알지 못한 채 지내고 있었다. 어머니와 아버지가 "올해 넌 다섯 살이다, 올해 넌 열 살이다, 이제 넌 스무 살이다"라고 일러 주면 그런가 보다 하고 지낼 뿐이었다. 아무 데에도 출생신고 기록이 없고, 또 정확한 나이를 알 수 없어도 살아가는 데 전혀 불편을 느끼지 못하기 때문에 사람들은 구태여 정확한 생일을 기억하려 들지 않았다. 아무튼 사쿠르가 열두 살이나 열세 살 그 어느 쪽이든 상관없었다. 아직 어리고, 비쩍 마른 내 남동생은 그 어떤 여자와도 성적인 접촉이 불가능했다.

사쿠르에 반해 스무 살 먹은 살마는 꽤 되바라진 아가씨였다. 어쩌면 그녀가 평소 습관대로 사쿠르를 충동질했을 것이다. 사쿠르가 죄가 있다면 그것은 분명 마스토이들의 옥수수 밭에서 그녀와 스쳤다는 정도일 것이다. 일부 마을 사람들은 동생이 그녀와 시시덕거렸거나, 아니면 그녀에게 말이라도 걸었을 거라고 쑥덕거렸다. 또 다른 일부 사람들은 그들이 손을 맞잡고 같이 앉아 있다가 발각됐다고 입방아를 찧기도 했다. 어쨌거나 진실은 사쿠르와 살마만이 알 뿐이다.

나는 사쿠르가 아무런 잘못도 저지르지 않았다고 확신하고 있었다. 사쿠르는 아버지에게 그날 자신이 당한 고문에 대해 털어놓았는데 내가 겪은 그대로였다. 그러나 진실은 사람들이 만들어 내는 소문의 잔재 속에 묻혀 버렸다.

왜 하필 동생이고, 왜 하필 나란 말인가? 살마의 가족은 단순히, 아주 단순히, 우리 가족을 파괴하고 싶어 하는 것이다. 우리 가족을 희생양 삼아 자신들 가문의 명예를 회복하고 유지하고 싶은 것이다. 한 가족이 철저히 파괴되어도 이들에겐 아무 문제가 없었다. 왜냐면 그들은 우리가 속한 구자르 계급보다 더 높은 마스토이 부족이기 때문이었다.

나는 아직도 몰라, 압둘 라자크가 마스토이들에게 처음 제안했던 말이 생각났다. 그는 마스토이 사람들의 성난 감정을 달래 주고, 두 부족이 영원히 원수지간으로 지내지 않으려면, 사쿠르를 살마와 혼인시키라고 했다. 또 구자르 집안의 딸들 가운데 큰딸인 나를 그에 대한 화답으로 마스토이 남자와 맺어 주는 것이 현명하단 말을 했었다.

사건의 진상을 알지 못하는 사람들은 내가 그 제안을 거절했다고 주장했다. 그래서 내가 타협을 방해한 죗값을 톡톡히 치른 것이라 했다. 하지만 부족 회의의 일부 다른 멤버들은 마스토이들의 족장이 직접 나서서 지체 낮은 부족과의 혼인을 반대했다고 했다. 그때 마스토이의 족장은 이렇게 외쳤다고 한다.

"나는 저것들의 집을 다 부수고 박살내 버릴 테다! 가축은 몰살시켜 버리고 여자들은 욕보일 것이다!"

그러자 더 이상 다른 카드가 없던 몰라, 압둘 라자크는 부족 회의를 떠나 버렸고, 급기야 마스토이 부족과 우리 부족 그 어느 쪽과도 연관이 없던 람장이 홀로 나서서 아버지와 삼촌을 설득하여 이끌어 낸 타협점이 용서를 구해 보자는 것이었다.

사람들로부터 존경받는 내 나이쯤 되는 여자를 골라서 마스토이 부족의 남자들에게 보내, 그들 처분에 맡겨 보자는 제안이었다. 마스토이들이 온정을 베풀어 고소를 취하하고, 경찰이 동생을 풀어 주길 기대하며 내린 결정이었다. 내가 그 마지막 타협 시도의 희생양이 되리라고는 아무도 상상하지 못한 채, 나는 잘되리라는 믿음을 가지고 그 짐승들과 대면하기 위해 길을 나섰던 것이다.

강간범들이 나를 문밖으로 내동댕이친 이후에도 사쿠르는 여전히 풀려나지 못했다. 그날 밤, 사촌 중 한 명이 마스토이 부족의 족장, 페즈를 찾아가 요청했다.

"당신들이 저지른 일은 저지른 일이고, 이제 사쿠르를 풀어 주시기 바랍니다."

"추후 내가 경찰서에 연락을 취해 놓을 테니 그리 가 보게."

그는 여전히 거만했다.

사촌은 한달음에 경찰서로 가 페즈의 말을 전했다.

"제가 페즈와 말을 했는데 그가 사쿠르를 석방해 주라고 했습니다."

사촌의 말이 끝나자마자 경찰은 미심쩍은 표정으로 수화기를 들더니 페즈에게 전화를 걸었다. 그리고는 페즈가 마치 자신의 상관인 양 물었다.

"누가 경찰서에 찾아와 자네가 사쿠르를 풀어 줘도 좋다고
했다는데 사실인가?"

"그자에게 사쿠르를 석방시키고 싶으면 먼저 보석금부터 지
불하라고 하세요. 녀석은 돈을 챙긴 뒤 풀어 주시고요."

경찰은 수화기를 내려놓으며 사촌을 쳐다보았다.

"이제 사쿠르를 풀어 주시는 거지요?"

사촌이 채근하듯 물었다. 경찰은 그런 사촌에게 페즈의 말을
전했다.

"페즈의 말과 자네 말이 다르군. 페즈는 보석금을 내야 풀어
줄 수 있다는데?"

"그럴 리가요. 분명 저한테는 풀어 주겠다고 했습니다. 게다
가 그들은 내 사촌한테 명예 보복까지 했어요. 그러니 사쿠르
를 더 잡아 둘 명분이 없단 말입니다."

"낸들 어쩌겠나. 사쿠르를 집에 데려가고 싶다면 보석금부터
마련하게."

경찰의 단호한 태도에 사촌은 어쩔 수 없이 물러나야 했다.

12,000루피. 경찰은 우리 가족한테는 어마어마한 액수인
12,000루피를 요구했다. 노동자 월급의 서너 달분에 해당하는
액수였다. 당연히 우리 집에 그런 큰돈이 있을 리 없었다. 그렇

다고 손을 놓고 마냥 앉아 있을 수만도 없었다. 돈의 액수보다
는 당장에 사쿠르를 데려올 수 있다는 사실이 아버지와 삼촌을
더 기쁘게 만들었다. 아버지와 삼촌은 사촌들과 더불어 이웃들
을 찾아가 돈을 부탁했다. 사쿠르의 일을 알고 있던 이웃들은
흔쾌히 자신들의 가난한 주머니를 털어 아버지에게 빌려 주었
다. 하룻밤 사이에 12,000루피는 이웃들의 따뜻한 마음으로 인
해 어렵지 않게 마련되었다.

아버지와 삼촌은 그날 밤 다시 경찰서를 찾아가 그 돈을 지
불했다. 경찰은 하루도 안 돼 돈을 들고 다시 나타난 우리 가족
을 보고 놀라는 표정을 지었다. 하지만 이번에는 풀어 주지 않
을 구실이 없었다.

"이렇게 보석금을 가지고 왔으니 풀어 주시는 거죠?"

아버지가 따지듯 물었다. 드디어 사쿠르는 새벽 1시경에 출
소했다. 마음고생은 물론 얼마나 몸 고생을 했는지 그의 얼굴
은 초췌하기 그지없었다. 또한 그런 큰일을 감당해 내기에 사
쿠르는 아직 어렸다. 이번 일을 계기로 사쿠르는 더 성숙해지
고, 세상을 살아가는 데 있어 더 조심스럽고 지혜로워질 테지
만 문제는 사쿠르가 금방이라도 쓰러질 것처럼 지쳐 있었다.

부모가 보살펴 주는 집으로 돌아왔다고는 하지만 사쿠르는
여전히 위험에 처해 있었다. 마스토이들의 적개심이 사그라지

지 않았기 때문이었다. 그들의 쨍쨍한 적의가 집에서도 느껴졌다. 그들은 사쿠르가 집으로 돌아갔다는 사실에 더 분개해했다. 마스토이들은 고소 내용을 가지고 끝장을 보려할 게 분명했다. 그들은 우리 가족의 체면과 명예가 실추되어야만 비로소 뒤로 물러설 것이다. 그렇지 않으면 마스토이들은 절대 물러서는 법이 없었다.

우리 가족을 하루아침에 불행으로 빠뜨려 버린 페즈와 그의 형제들은 사탕수수 밭 건너편에 위치한 그들 집에 있었다. 우리 집에서 보면 그들의 집이 빤히 보였다. 그들 역시 우리 집을 바라보면서 우리의 행동을 관찰하고 있을 것이다. 우리가 그러했듯이.

그들은 철저히 나와 동생을 짓밟았다. 아니, 우리 가족 모두를 짓밟았다. 힘없는 여자와 어린 소년에 불과한 사쿠르, 자신들보다도 더 낮은 계급의 사람들을 상대로 그들은 자신들에게 부여된 부족 회의의 권한을 이용해 마음껏 유린했다.

하지만 전쟁은 이제 시작됐다. 그들이 적개심을 거두지 않는 한 전쟁은 끝나지 않았다. 마스토이들은 모두 무장하고 있었고, 그들 부족은 전사들이었다. 우리가 지닌 것이라고는 기껏해야 불쏘시개 장작밖에 없었다. 게다가 우리를 도와줄 만한 힘이 센 원군은 그 어디에도 없었다. 외롭고 고독한 싸움일 수밖에 없었다. 외롭고 고독한 싸움……. 그 싸움에서 내가 선택할 수 있는 길은 딱 한 가지밖에 없었다. 나는 알고 있었다. 전통적으로 여자들이 나 같은 일을 당했을 때, 어떻게 해야 한다는 것을. 나도 그들을 따라 할 것이다. 내 명예를 지키고, 가족의 명예를 지키기 위해서라도.

나는 자살을 하기로 마음을 굳혔다. 내 나이 스물여덟 살에. 아직 서른도 되지 않았는데 말이다. 하긴 스물여덟과 서른의 차이는 2년의 간극밖에 나지 않는다. 그러니 덜 억울하다. 설령 내가 열여덟 살이어도 다른 선택은 없다. 나와 같은 처지의 여자들은 그렇게 하니까. 아니, 할 수밖에 없다.

나와 우리 가족을 짓누르는 치욕의 불꽃을 완전히 진화하기 위해 나는 초산을 마실 생각을 했다. 마시는 순간 식도에 불이 붙는 듯 뜨거울 테고, 내 식도는, 내 위장은, 그 초산이 흘러드는 곳마다 순식간에 타들어 갈 것이다. 내 생명도 그렇게 타들어 갈 것이다. 아직 살아온 날보다 살아갈 날이 더 많을 텐데, 나는 스스로 내게 부여받은 생을 다 살아 보지도 못하고 남은 생을 하늘에 반납하려 했다.

나는 어머니에게 죽을 수 있도록 도와 달라고 애원했다. 나는 이미 다른 사람들 눈에는 죽은 사람이나 진배없으니, 내가 목숨을 끊을 수 있도록 초산을 사다 달라고 애걸복걸했다. 세상의 어느 어머니가 자식의 죽을 길을 스스로 열어 줄까. 어머니는 흐느끼며 내 자살을 막았다. 잠시 한눈을 팔면 내가 사라져 버리기라도 할까 봐 어머니는 밤낮으로 내게서 한시도 눈을 떼지 않았다. 나는 어머니가 해찰하는 틈을 노리느라 잠을 이루지 못했고, 어머니는 나를 죽게 놔두지 않으려고 나에게서 잠시도 시선을 거두지 않았다. 나도 질겼지만 어머니도 질겼다. 하긴 제 속으로 난 자식이 생으로 목숨을 끊겠다는 데 순순히 동의하고 협력해 줄 모성은 세상에 없을 것이다.

수일 동안 나는 이러지도 저러지도 못한 채 미쳐 날뛰었다. 이렇듯 계속 누워서 숄에 얼굴을 처박고 살 수만은 없는 노릇이었다. 그런데 이상한 일이 벌어졌다. 죽기 위해 몸부림을 치는데, 어느 순간 그 몸부림 사이로 살고 싶은 의지가 생겼다. 이것은 나도 전혀 예상치 못한 일이었다. 그저 하루하루를 어떻게 죽을까란 생각만 붙들고 살았었는데, 사내들이 유린한 이 몸을 끔찍하게 여겼었는데, 나를 그 죽음의 그물로부터 구출해 낸 것은 뜻밖에도 솟구치는 분노였다. 분노가 삶의 의지를 부추겼다.

이제 내가 복수할 차례였다. 내가 당한 만큼, 그리고 죽고 싶었던, 또 죽어 버리려 했던 그 끔찍했던 시간들을 되돌려 줄 시간이었다. 나는 복수할 방법을 모색했다. 사람들을 돈으로 사서 나를 욕보인 자들을 없애 달라고 사주할 수도 있었다. 청부 살인 업자들이 소총으로 무장한 채 그들의 집을 덮치면, 심판은 끝난다. 그것이 가장 쉬운 일일 것이다. 하지만 나는 돈이 없었다. 내가 직접 소총을 구입하든지 혹은 초산을 구입해서 갖고 다니다가 그들을 만나면 순간적으로 그들의 얼굴에 뿌려 그들을 장님으로 만들 수도 있었다. 이것은 얼마든지 가능한 일이었다. 하지만 나는 여자에 불과했고, 계급이 낮은 우리에겐 그럴 권리도 없었다. 복수는 남자들의 전유물이며, 게다가 그것은 또 다른 여성 폭력으로 확산될 뿐이다.

내 분노는 닫혀 있던 내 귀를 열게 만들었다. 그 열린 귀로 나는 많은 이야기들을 들을 수 있었다. 마스토이들이 우리 집 안에 가한 폭력은 내가 처음이 아니었다. 나는 이미 삼촌들 중 한 분은 마스토이들의 폭력에 대책 없이 당했다는 사실을 알게 됐다. 마스토이들은 삼촌 댁을 약탈하고도 모자라 수차례에 걸쳐 삼촌 집의 여자를 겁탈했다는 것이다. 그 이야기들은 내 분노를 한층 사납게 만들었다. 그런 일을 겪고도 삼촌은 어떻게 견뎌 냈는지 그게 궁금할 뿐이다.

그들은 소총으로 무장한 채 아무 집이나 불쑥 들어가 인정사정 보지 않고 약탈을 감행할 수 있는 자들이란 것을 안다. 경찰 역시 그 사실을 알고 있었다. 게다가 경찰은 그들에 대한 불평을 아무에게도 늘어놓을 수 없다는 것도 알았다. 그랬다가는 마스토이들에게 그 즉시 죽임을 당하기 때문이다. 경찰의 신분 이란 것도 마스토이들에겐 하찮은 권력에 지나지 않았다. 아무 도 그들을 상대로 '그 어떤 짓'도 할 수 없는 것이다.

그들은 수세대를 거쳐 이곳에 살고 있었고 국회의원들과도 교분이 두터웠다. 우리 마을은 물론이고 이 지역 경찰청까지도 쥐락펴락할 수 있는 권력을 쥐고 있었다. 말하자면 총체적인 지배권은 그들에게 있는 셈이다. 그래서 마스토이들은 처음부 터 경찰에게 당당하게 말할 수 있었고, 경찰은 마스토이들의 하수인처럼 굴었던 것이다.

"만약 경찰이 사쿠르를 풀어 줘야 한다면 우리에게 다시 넘 겨줘야 합니다!"

그들은 경찰들에게 이렇게 말했었다. 법보다, 경찰의 치안 유 지권보다 마스토이들의 이익 추구권은 언제나 우위에 있었다.

설령 경찰들이 내 동생의 목숨을 걱정했다 하더라도 그들이 강구할 수 있는 유일한 해결책은 동생을 교도소에 가두어 놓 고, 무죄로 풀어 주거나 혹은 재판에 회부시킬 방법을 모색하 며 시간을 버는 것이 고작이었다. 그러니까 사람들의 뜻대로 내가 용서를 빌어 봤자 공염불로 끝나게 되어 있었던 것이다. 마스토이들이 처음에 순순히 그것을 수락했던 이유도 온 마을 사람들 앞에서 나를 겁탈하기 위한 얄팍한 계략이었다.

그들은 신도, 악마도, 몰라도 두려워하지 않았다. 그들에겐 자신들의 지체 높은 계급이 자신들에게 부여된 권력이었다. 그들은 그 권력을 내세워 자신들 부족의 시스템에 따라 다른 부족을 짓밟고, 능멸하고, 약탈하고, 겁탈했다. 그런 일을 수없이 반복해도 아무런 죄의식을 느끼지 않으며 역시 처벌도 받지 않는다. 자신들이 상대해야 할 적이, 여자든, 남자든 아무런 상관이 없다. 그들은 단지 약자를 공격하는데 우리는 약자일 뿐이다.

나의 기도는 바뀌었다. 예전에는 죽을 수 있게 해 달라고 기도했는데, 지금에 와서는 자살이든, 복수든 어느 것이든 할 수 있게 해 달라고 신에게 기도했다. 나는 코란을 외우며 어릴 적 그랬던 것처럼 신과의 소통을 시도해 보았다. 어머니는 내가 잘못을 저지르면 항상 이렇게 말씀하시곤 했다.

"조심해라, 무크타르. 신께서 네 행동을 모두 지켜보고 계신다!"

어머니의 말씀은 그 무슨 말보다도 나를 두렵게 만들었다. 그랬다. 나는 그때마다 내 머리 위로 끝없이 펼쳐져 있는 하늘에 창문이 나 있고, 그 창문을 통해 신께서 나를 지켜보시지나 않을까 하는 의구심을 품으며 하늘을 올려다보곤 했다. 하지만 엄마를 공경했기 때문에 정말 신께서 창문을 통해 나를 지켜보고 계시냐는 질문을 던지지는 않았다. 아이들은 부모에게 말을 걸지 않았다. 어른들의 말은 절대 복종해야 한다. 때때로 나는 어른들과 말을 하고 싶은 욕구를 느꼈다.

나는 친할머니에게 왜, 어떻게란 질문을 던지며 설명해 달라고 채근 댔었다. 내 말을 들어주는 사람은 그녀가 유일했다.

"할머니, 엄마가 항상 그러는데 신이 나를 보고 있대. 하늘에는 진짜 창문이 나 있고, 신이 그 창문을 통해 나를 보고 있는 거야?"

"무크타르, 신은 창문을 열 필요가 없단다. 하늘 전체가 창문이니까. 신은 너뿐만 아니라 지상의 모든 사람들을 다 지켜보고 계신단다. 신은 네 잘못만 아니라 다른 모든 사람들의 잘못도 다 아셔. 그런데 너 무슨 잘못을 저질렀니?"

할머니는 인자한 웃음을 지으며 말씀하셨다. 나는 할머니의 말씀에 가슴이 철렁 내려앉았다.

"우리 자매들끼리 이웃집 할아버지 지팡이를 훔쳐서 방문 앞에 비스듬히 놓았다가 할아버지가 방 안으로 들어오시면 우리는 지팡이 양쪽을 들어 올렸어요. 그 바람에 할아버지가 넘어졌어요. 우리는 그걸 보고 재미있다고 웃었어요."

"니들 왜 그런 짓을 했지?"

할머니는 짐짓 엄한 표정을 지어 보이셨다.

"할아버지는 항상 우릴 야단치신단 말이야. 할아버지는 우리가 나무에 올라가 나뭇가지에 매달리는 것도 싫어 하고, 말하는 것도 싫어 하고, 웃는 것도 싫어 하고, 또 장난치는 것도 싫어해. 게다가 할아버지는 잔뜩 화난 얼굴로 지팡이를 휘두르며 우리를 나무라셨어. '넌 가서 더러운 엉덩이나 씻어라', '넌 가서 차도르를 해라', 이제 할아버지 어투도 다 외울 지경이야."

나는 목소리를 깔며 그 할아버지의 어투를 흉내 냈다.

"그 할아버지, 연세도 아주 많으신데 성격도 고약한가 보구나. 할아버지가 아이들을 싫어 하는가 보다. 무크타르야, 그렇다고 그런 짓 다시 하면 안 된다. 그것 말고 다른 잘못은 없니?"

"난 할머니 집에 가서 밥을 먹고 싶은데 엄마가 말렸어. 엄마는 밥은 집에서 먹어야 한대."

"할미가 엄마에게 얘기해서 다시는 귀여운 내 새끼를 귀찮게 못하게 하마……."

할머니는 그 말끝에 다시 인자한 웃음을 지으셨다. 할머니의 사랑으로 인해 그때 내 마음은 충만했다.

우리 집에서 우리를 때리는 사람은 아무도 없었다. 아버지는 내게 손찌검 한 번 하신 적이 없다. 나는 행복하지도, 그렇다고 불행하지도 않은 단조롭고 가난한 어린 시절을 보냈지만 그래도 꽤 명랑했었다. 나는 그 시절이 영원히 지속되길 바랐었다.

그때 나는 신은 왕과 다름없을 거라 여겼다. 천사들에게 빙 둘러싸인 채 소파에 앉아 있는 키가 크고 힘센 왕이라 여겼다. 신의 가장 큰 권력은 용서를 할 수 있다는 데 있다. 선행을 한 사람에게는 은총을 베푸시고, 그렇지 않고 악행을 저지른 사람은 지옥으로 보내신다.

스물여덟 살—어머니 말씀에 따르면 한 살가량 차이가 날 수도 있다고 했다—에, 치욕 때문에 틀어박혀 있는 이 방에서, 신은 내 고독의 유일한 위안이었다. 죽어야 합니까, 아니면 복수를 해야 합니까? 어떻게 명예를 회복해야 하는 겁니까? 내가 쓸쓸히 기도드리는 내내 짐승보다 못한 그자들은 아무 거리낌 없이 마을을 활보하고 다녔다. 나는 이제 그들을 용서해 줄 마음은 없었다.

그랬다. 신은 결코 나를 저버리지 않으셨다. 죽어야 합니까, 복수를 해야 합니까? 아니면 어떻게 명예를 회복해야 합니까? 하늘에 난 창문을 통해 내 기도를 듣고 계시다가 신께서는 이윽고 그 해답을 내리신 모양이었다.

금요 기도 법회 때 몰라가 일장 훈시를 했다고 사람들이 수군댔다. 몰라는 마을에서 벌어진 일은 공동체 모두에게 수치스러운 범죄 행위였노라며 소리 높여 주장했다고 했다. 더 나아가 마을 사람들이 이번 일을 묵과하지 말고 사실대로 경찰에

고해야 한다고도 역설했다고 했다.

공교롭게도 그 집회에 모인 사람들 중에 지역신문 기자가 한 명 있었는데, 그 기자가 자기 신문에 이 사건을 보도하게 되었다. 게다가 마스토이들은 시내에 있는 모 식당에 드나들면서 공공연하게 자신들이 저지른 만행을 과시하며 아주 상세하게 지껄여 대는 바람에 우리 마을 밖까지 소문이 파다하게 퍼졌다고 했다. 몰라의 이야기와 신문에 난 기사, 마스토이들이 자신들의 만행을 천하에 떠들고 다닌 덕분에 사람들의 생각에도 다소 변화가 생기는 듯했다.

두문불출 방 안에 틀어박혀 먹지도 못하고, 잠도 이루지 못한 채 끊임없이 코란만 읊조린 지 너더댓새 되던 날, 난 그 소식을 듣고 처음으로 눈물을 흘렸다. 결국 내가 눈물을 쏟아 낸 것이다. 지치고 탈진한 내 몸과 머리에서 눈물이 봇물처럼 흘러내렸다. 내가 울 수 있다는 것은 대단한 변화였다. 나는 내 자신을 드러내는 법이 없었다. 하지만 어렸을 적에 나는 명랑하고 무사태평했다. 별 의미도 없는 사소한 농담에 빠져 미친 듯이 웃어 대기도 했고, 내 사고는 낙천적이며 긍정적이었다.

열 살 무렵에 딱 한 번 운 기억이 있긴 했다. 형제자매들이 닭장에서 도망쳐 나온 병아리를 잡겠다고 몰고 다녔는데, 하필 녀석은 내가 차파티(chapati, 카레 요리를 싸서 먹는 인도의 빵—

역주)를 굽고 있던 불속으로 뛰어들었다. 너무 순식간의 일이라 손쓸 틈이 없었다. 나는 녀석을 구하지 못했다. 내가 물을 끼얹어 불을 껐지만 너무 늦어 버렸다. 녀석은 내 눈앞에서 불에 타 죽었다. 불길에 병아리의 부드러운 깃털이 지지직 타들어 가면서 그 작은 몸을 지닌 새는 버둥거리다 이내 움직임을 멈춰 버렸다. 나는 내가 서툴러 녀석을 잡지 못했다고 여겼다. 병아리가 죽은 것이 내 잘못처럼 생각돼 나는 온종일 끔찍하게 죽어 간 그 죄 없는 작은 새를 생각하며 울었다.

나는 단 한 번도 그 죄책감을 잊어 본 적이 없다. 그 작은 병아리의 죽음은 언제나 나를 따라다녔다. 지금도 여전히 나는 죄책감을 느낀다. 내가 만약 녀석을 잡겠다는 몸짓만 하지 않았더라면 녀석은 어쩌면 불구덩이 속에서 도망쳐 나와 잘살았을 텐데, 라는 죄책감이 나를 힘들게 했다. 나는 생물을 죽인 죄에 시달렸다. 하지만 지금, 상황은 다르다. 이 눈물은 병아리 때문에 흘리는 것이 아니다.

그랬다. 이전에는, 아니 며칠 전까지만 해도 나는 불속에서 삽시간에 구이가 되어 죽은 병아리 때문에 울었었는데, 지금은 나 자신 때문에 운다. 나는 병아리를 죽음에 이르게 했다는 죄책감에 시달리는 것이 아니라 겁탈당했다는 죄책감에 시달리고 있다. 그게 왜 죄책감이 될 수 있을까. 내가 원해 당한 겁탈도 아닌데. 하지만 집안을 더럽혔다는, 순결을 잃었다는 사실은 어쨌거나 나로 하여금 죄책감이 들도록 만들었다.

그것은 너무나 억울했고, 분한 나머지 모골까지 송연해졌다. 내 탓이 아니기 때문에 더더욱 그랬다. 나는 병아리의 죽음을 원치 않았듯이 능욕을 당해야 할 만한 그 어떤 짓도 하지 않았다. 내가 이렇듯 죄책감에 시달리고 있는데도 날 강간한 범인들, 그놈들은 죄의식도 없었다.

나는 그들을 결코 잊지 못했다. 나는 내가 겪은 것을 아무에게도 털어놓을 수가 없었다. 그러지 않는 것이 관례였다. 설령 그런 것에 대해 사회가 관대한 편이라도 어쨌든 나는 내게 일어났던 참혹했던 일들을 입에 담을 수가 없었다. 그날 밤의 회상이, 짐승 같던 시간들이 나를 견딜 수 없게 했다. 나는 그날 밤의 기억이 되살아날 기미가 보이면 머릿속 밖으로 그것을 몰아낸다. 나는 그날 밤을 기억하고 싶지 않지만, 그럴 수가 없었다. 그 기억은 나날이 선명해져서 나를 질식시키려 한다. 나는 그 기억으로부터 영영 도망칠 수 없을 것이다. 내가 죽어야만 비로소 그 기억으로부터 벗어날 수 있을 것이다.

경찰이다! 집 안에서 누군가의 다급한 고함 소리가 들렸다. 그 순간 나는 사쿠르가 걱정돼 방 밖으로 나갔다. 사쿠르는 황

급히 도망치고 있었다. 그런데 사쿠르가 달려가고 있는 쪽은 마스토이들의 집이 있는 곳이었다. 얼마나 놀랐는지 사쿠르는 그 순간 방향 감각을 상실한 모양이었다. 하지만 사쿠르는 자신이 마스토이들의 집을 향하고 있다는 사실을 깨닫지 못했다. 동생 못지않게 질겁한 아버지 역시 사쿠르의 뒤를 따라 도망가고 있었다. 그들을 진정시켜 돌아오게 하려면 내가 나서는 수밖에 없었다.

"아빠, 돌아오세요! 겁내지 말아요! 사쿠르 돌아와!"

나는 그들을 향해 소리쳤다. 하지만 그들의 귀에는 들리지 않는 모양이었다.

"사쿠르, 그곳이 아냐. 멈춰."

나는 힘껏 소리 질렀다. 그제야 사쿠르의 뒤를 바짝 따라가던 아버지가 발걸음을 멈추더니 뒤를 돌아보았다.

"겁내지 말고 돌아와요."

아버지는 며칠 만에 듣는 딸의 목소리가 반가웠는지 금방이라도 울 것 같은 표정을 지었다. 아버지와 사쿠르는 경찰들이 기다리고 있는 집으로 되돌아왔다. 경찰을 대하는 그들의 얼굴은 잔뜩 긴장돼 있었지만 나는 이상하게 아무것도 두렵지 않았다. 경찰은 더더욱 두렵지 않았다. 나는 더 이상 두려운 게 없었다. 그날의 사건이 나를 그렇게 만들었다.

"누가 무크타르 마이지?"

경찰이 나를 쳐다보며 물었다. 그들은 나를 알고 있었다.

"전데요."

"넌 우리랑 지금 당장 경찰서에 가야겠다. 사쿠르와 네 아빠도 함께. 네 삼촌은 어디 있니?"

고압적이고도 사무적인 어투의 경찰들은 모든 게 다 귀찮다는 표정이었다. 사쿠르와 아버지는 걱정 어린 눈빛으로 서로를 바라보았다. 하지만 경찰은 잠시도 지체할 틈을 주지 않고 우리를 몰아붙였다.

"시간 없어. 빨리 가자고!"

하는 수 없이 우리는 경찰차에 올라탔다. 가는 도중에 삼촌을 찾아 데리고 갔다. 차 안에서 아버지와 삼촌은 아무 말 없이 굳은 얼굴로 앉아 있었다. 사쿠르의 눈은 겁에 질려 있었다. 열두 살, 어린 사쿠르는 세상에 대해 야심을 품어 보기도 전에 먼저 세상의 폭력과 불평등함에 희생되고 있었다.

그들은 우리를 자토이 관할 구역 경찰서로 데리고 갔다. 우리 마을은 그 구역 관할이었다. 쭈뼛거리며 경찰서로 들어선 우리에게 그들은 사무적인 음성으로 서장이 올 때까지 기다리라고 말했다. 빈 의자들이 있었지만 어느 누구도 우리에게 앉으란 말을 하지 않았다. 우리는 죄인처럼 경찰의 눈치를 보며

서 있었다. 서장은 자고 있는 듯했다. 우리는 서장이 오수에서 깨어날 때까지 서 있어야 했다. 우리가 다리가 아프다고 해서 그의 다디단 잠을 방해해서는 안 됐다.

"니들을 호명할 거야!"

기자들이 현장에 있었다. 호기심 가득한 표정으로 그들이 내게 질문을 던졌다. 그들은 내가 겪은 모든 일을 알고 싶어 했다. 그들의 궁금증은 내 말문을 트이게 만들었다. 나는 사건 내막을 진술하기 시작했다. 하지만 여자의 정조와 관련된 은밀한 부분에 대해서는 상세한 얘기를 피했다. 나는 강간범들의 이름을 외고, 사건 정황을 묘사하며, 그 모든 사태가 내 동생을 어떻게 잘못 기소해서 생겼는지 설명해 주었다. 그들은 내가 말한 것을 진지하게 적었고, 나는 그 모습을 보는 것만으로도 용기가 생겨났다.

여자들이 결코 범접할 수가 없었던 법과, 법체계에 대해 내가 아는 것은 쥐뿔도 없었지만, 나는 본능적으로 그곳에 운집해 있는 기자들을 활용해야 된다고 직감했다. 그들은 나를 구원해 줄 지원병이었고, 수호천사들이었다. 갑자기 많은 말을 하게 된 나는 하나도 피곤하지 않았다.

바로 그때였다. 집안사람 한 명이 파랗게 질린 얼굴로 경찰서에 당도했다. 그는 가픈 숨을 몰아쉬며 말했다.

"아무 말도 하지 마. 경찰이 진술서에 서명하라고 해도 하지 마. 무크타르, 너는 이 사건에서 빠져야 돼. 네가 고소장을 작성하지 않고 집으로 돌아오면 그들이 가만 놔두겠지만, 그렇지 않으면 너를 가만두지 않을 거다."

내가 경찰들과 함께 있다는 소식을 들을 마스토이들이 복수를 하겠다며 위협했다고 했다. 그 말은 오히려 나의 투지를 부추겼다. 나는 싸우기로 마음을 굳혔다. 나는 그때까지만 해도 경찰이 왜 우리 집으로 우리들을 찾으러 왔는지 모르고 있었다. 나는 한참 후에야 지역신문에 실린 나에 관한 첫 기사 때문에 나라 안 다른 신문들까지도 우리 이야기에 관심을 가지게 됐다는 사실을 알게 됐다. 더 나아가 앞 다투어 우리 사건을 다루려는 기자들 덕분에 우리 이야기는 이제 이슬라마바드는 물론 세계 다른 곳까지도 퍼져 나갔다.

사람들의 호기심을 자극하는 홍보 기사를 우려한 펀자브 지방정부는 지역 관할 경찰서에 연락을 취해, 최대한 신속히 사건 경위서를 작성하라는 지시를 내렸다. 지르가 멤버들이 몰라의 의견을 완전히 무시한 채 형벌로 집단 윤간을 지시한 것은 처음 있는 일이었다.

대부분의 문맹 여성들이 그렇듯 법과 권리에 대해 무지했던 나는 그 어떤 권리도 나에겐 없다고 생각했었다. 그러나 이제

는 자살이 아닌, 다른 경로를 통해 복수를 할 수 있겠다는 생각
이 들었다. 나는 그 어떤 위협과 위험도 헤쳐 나가리라. 그 역경
도 지금보다 더 가혹하지는 않을 것이다. 나는 굳게 다짐했다.
게다가 기대하지 않았던 아버지까지 내 역성을 들어 주셨다.

내가 만약 교육을 받았고, 읽고 쓸 줄 알았다면 모든 사태는
훨씬 수월하게 풀렸을 것이다. 내 권리를 내가 지키기 위해 스
스로 방어에 나섰을 테고, 또 그렇게 멍청하게 당하고 있지만
은 않았을 테니까.

나는 정식으로 그들을 고발하기 위해 길을 나섰다. 경찰서로
향하는 내 뒤를 우리 가족은 우려 섞인 표정으로 따라나섰다.
나는 당시까지만 해도 새로운 길에 대해 아는 게 아무것도 없
었다. 경찰서에 가서 고소한다는 것 말이다. 왜냐하면 우리 지
역 관할 경찰서는 지체 높은 계급에 종속되어 있는 기관에 불
과했기 때문이다. 그곳 경찰들은 힘 있는 부족들과 합세해 광
적인 수호신들처럼 전통을 지키려는 자들이었다. 지르가에서
평결이 떨어지면 그 평결이 어떻든 간에 그들의 원칙에 따른
합당한 평결로 간주했다.

경찰들은 사건이 터지면 마을 부족 회의에서 알아서 해결할
문제로 여기기 때문에 영향력 있는 집안사람을 용의자로 고발

하는 것은 불가능했다. 특히 여성이 그 희생자일 경우는 더 심각했다. 사건이 발생했을 때, 경찰은 대부분 범죄자와 공조를 해서는 합당한 죗값을 치르게 하지 않았다. 여자는 단지 교환하거나 결혼과 함께 생기는 물건쯤으로 간주됐다. 관습에 따라 여자는 아무런 권리도 없었다.

사람들은 나를 그렇게 키웠다. 파키스탄에 헌법과 법, 그리고 개인의 권리들이 수록된 책이 있다고 말해 준 사람은 아무도 없었다. 나는 한 번도 변호사나 판사를 본 적이 없었을 뿐더러 정식 재판 자체도 몰랐다. 그것은 공부한 부자들의 전유물쯤으로 여겼다.

고소하겠다는 나의 이 결심이 나를 어디까지 몰고 갈지는 나도 모른다. 지금 당장은 이 결정이 내 분노와 내 수치심에 알 수 없는 무기가 되어 주고 있고, 나를 살아남게 하는 발판이 되어 주고 있다. 이 무기는 내가 가진 유일한 무기로써 내겐 더없이 소중했다. 재판 아니면 죽음을 달라. 어쩌면 둘 다일 수도 있다.

새벽 2시에 경찰은 나 혼자 호출했다. 경찰은 나를 앞에다 세워 놓은 채 질문을 하고 내 진술을 기록하기 시작했다. 그의 태도는 몹시 사무적이었고, 그런 그의 태도가 나에게 경계심을 불러일으켰다. 그 경계심은 엉뚱한 것이 아니었다.

경찰은 내게서 진술을 받다 말고 세 번이나 자리에서 일어나 상관을 면담하러 갔다. 그 상관은 다른 방에 있었으므로 내 눈으로 그의 존재를 직접 확인할 수는 없었다. 하지만 경찰은 상관에게 무언가 지시를 받고 있었음이 틀림없었다. 상관과의 면담을 끝낸 경찰은 그때마다 자리로 되돌아와서는 내 진술을 들었다. 진술서 작성을 끝낸 그는 내 손가락에다 잉크를 바르더니 진술서 밑에다가 사인 대신 찍으라 했다. 내가 한참 동안 진술을 했음에도 불구하고 진술서 안의 내용은 달랑 세 줄로 요약돼 있었다.

경찰이 상관에게 뭐라 물었는지, 또 뭐라 지시를 받았는지 그 내용을 들어 보지는 못했지만, 나는 그가 자신의 상관이 불러 준 것을 반 페이지로 정리했다는 사실은 알았다. 요컨대 그의 상관은 마스토이 부족이었을 게다. 그에 대한 확신은 할 수 없었지만 나는 직감으로 알았다. 경찰은 자신이 작성한 보고서 내용을 내게 읽어 주지도 않았다. 나는 새벽 2시에, 아무 일도 없었으며, 내가 거짓말을 했다는 것만 적힌 문서에다 인장을 찍고 말았다. 그가 보고서에다 날짜마저 조작했지만 나는 그것도 눈치 채지 못했다. 그날은 6월 28일이었지만 보고서 안의 날짜는 30일이었다. 그는 이틀의 여유를 갖고 싶었던 것이다.

그에겐 긴급할 게 없는 사건이었다.

경찰서를 나선 나와 우리 가족은 우리 스스로 알아서 귀가해야 했다. 집은 그곳에서 수 킬로미터나 떨어져 있었다. 그곳에 모터사이클을 소유한 사람이 있긴 했다. 보통 때라면 그 사람이 우리를 태워다 주겠다고 나섰을 것이다. 비단 그 사람의 모터사이클뿐만 아니라 그런 류의 운송 수단은 흔했다. 하지만 그는 가는 길에 마스토이들과 맞부딪칠까 두려워 사쿠르와 나는 태워다 줄 수 없다고 했다. 그 사람은 마스토이들과 공연히 불편한 일을 만들고 싶지 않은 것이다.

"네 아버지는 태워다 주마. 더 이상은 기대하지 마라."

우리는 그 사람을 이해했다. 내가 마스토이들을 정식으로 고발한 것을 두고 성난 마스토이들이 마을에서 우리를 기다리고 있다는 소식을 전하러 왔던 사촌이 어쩔 수 없이 우리를 싣고 갈 수밖에 없었다. 하지만 사촌은 평소 다니던 길이 아닌 우회 도로를 이용해야만 했다. 잔뜩 화가 난 마스토이들은 우리를 만나면 가만두지 않을 것임으로.

어떤 식으로든 마스토이들이 보복할 것이라는 사실을 모르지는 않았다. 하지만 그들의 보복이 두려워 가만 있는다면 그들은 더 잔혹하게 행동할 것이다. 나는 죽음만 생각하던 이전의 내가 아니었다. 그 순간 이후로, 그 어떤 것도 오롯이 그대로

인 것은 없을 것이다. 나 자신마저도 이전의 내가 아닌 것을.

　나는 어떻게 싸우고, 어떻게 재판을 이끌어 낼 것인지 아는 게 없었지만, 내가 복수할 수 있는 유일한 수단이라고는 그것밖에 없음을 나는 알았다. 그랬다. 나와 우리 가문의 명예가 그 길에 달려 있었다. 내가 죽어도 좋지만 능멸당한 채 죽지는 않을 터이다. 그간 나는 어쨌던가. 나는 수일 동안 고통을 받았고 자살을 염두에 두고 울었다. 하지만 이제 나는 변할 것이다. 이전의 무력한 태도에서 벗어나 그들에 대항해 싸울 것이다.

　가족과 분노가 있어 나는 미로처럼 복잡하기만 한 헌법에 내 권리를 호소할 수 있었다. 내가 여자와 문맹이라는 사실 또한 헌법은 내게 쉽게 길을 열어 주지 않았다. 하지만 분노는 이제껏 절대복종만이 내 존재를 순수하게 지켜 줄 것이라고 믿었던 신념보다도 더 강렬했다.

보통 판사들과 다른 판사

우리는 새벽 5시가 되어서야 집에 귀가했다. 나는 심문 때문에 지칠 대로 지쳐 있었다. 내 몸은 너무나 힘들고 피곤했지만, 나는 스스로에게 자문해 봤다. 부족의 전통에 따라 확립된 질서를 내가 전복시키겠다고 나서는 일이 과연 옳은가 하고.

나를 윤간하라는 평결이 은밀하게 이루어진 것이 아니라 마을 사람들이 모두 모인 곳에서 내려졌었다는 사실을 안다. 다른 마을 사람들처럼 아버지와 삼촌 역시 그 평결이 내려지는 것을 들었다. 우리 가족은 순진하게도 그 순간까지도 우리의 용서가 받아들여지리라는 희망을 버리지 않았던 것이다. 그런데 사실은 우리는 함정에 빠진 꼴이었고, 나는 그들의 의도대로 철저하게 유린당했다. 사실 나에 대한 판결은 이미 내려진 상태였고, 그들은 그 자리에서 공표만 한 셈이었다. 어쨌거나 지금 내하하고 있는 행동이 옳은 일인가.

내 의혹과 두려움이 그 무엇이든 간에 뒤로 물러서기에는 이제 너무 늦었다. 펀자브 지방의 남자들, 마스토이들이나 구자르, 혹은 발우치의 남자들은 여자가 자신이 당한 일을 어쩔 수 없이 털어놓을라치면, 그게 얼마나 고통스럽고 견디기 힘든 일인지 알지 못한다. 물론 나는 경찰에게 세세한 부분까지 털어놓지는 않았다. '윤간'이란 단어 한마디로 충분했다. 그들은 네 명이었고, 그들 부족의 우두머리 페즈가 명령을 내렸다. 나는 그들의 얼굴을 봤다. 윤간을 한 뒤 그들은 나를 밖으로 쫓아냈고, 나는 반나체 상태로 내 몸에 꽂이는 남자들의 가시 같은 눈길을 의식하며 걸어야 했다. 그 나머지 것들은 내가 머릿속에서 쫓아내려고 애쓰는 악몽일 뿐이다.

내가 겪은 일을 거듭해서 진술해야 한다는 것은 또 다른 고문이었다. 매번 그 일을 상기시켜야 하기 때문이다. 내가 진술하는 자리에 믿고 털어놓을 수 있는 사람, 여자가 한 명만 있어도 고통은 덜할 것이다. 그런데 그 자리에는 언제나 경찰이나 법조계 남자들만이 있을 뿐이다.

우리가 집에 당도하기가 무섭게 경찰들이 다시 들이닥쳤다.

내가 밤늦도록 심문을 받은 것이 끝이 아니었다. 이번엔 우리 지역의 면 소재 경찰서에서 형식상 절차 때문에 나를 데려간다고 한다. 그들의 말은 사실이 아니었다. 신문에 난 내 기사 때문에 다른 기자들이 관심을 갖고 후속 보도를 하기 위해 나를 찾아오지나 않을까 하는 우려 때문에 나를 미리 그들로부터 차단시키려는 의도가 분명했다. 그들은 이 사건이 확산되는 것을 원하지 않는 것이다. 하지만 나는 그 사실을 증명할 수 없었고, 확인할 수도 없었다.

"무크타르, 빨리 나와."

경찰들은 빨리 나오라고 채근했다. 나는 몸을 가누기도 힘들 만큼 피곤했지만 자리에서 일어났다. 내가 나오자 그들이 나를 위아래로 훑어 내렸다. 그들과 시선을 마주치는 것조차 모멸스러웠다. 그런 시련을 당한 뒤 어떻게 마음 편하게 자고, 먹고, 마실 수 있단 말인가? 하지만 나는 얼굴을 숄로 감싼 채 허청허청 앞으로 걸어 나가 경찰차에 올라탔다. 나는 다른 여자가 돼 있었다.

나는 텅 빈 방바닥에 낯선 다른 사람들과 함께 앉아 있었다. 내가 그곳에서 무엇을 하고 있으며, 내게 무슨 일이 닥칠 것인지, 나는 아무것도 알지 못했다. 경찰들은 나를 데려와 그 방에 가둬 놓고만 있을 뿐 나를 찾아와 심문하는 사람도 없다. 또 내게 말을 걸거나 이 상황을 설명해 주는 사람도 없었다.

나는 그저 하릴없이 바닥에 앉아 있었다. 무릎 사이에 얼굴을 파묻고 아무것도 하지 않아서인지 시간은 더디게 흘렀다. 아니 아무것도 하지 않은 것은 아니었다. 내 머릿속은 여러 가지 생각들로 꽉 차 있었다. 한낱 여자인 나에게 친절하게도 앞으로 벌어질 일들을 설명해 줄 남자가 어디 있겠는가. 게다가 입을 다물고 얌전히 그들의 처분만을 기다리고 있을 수밖에 없다는 사실을 알고 있는 우리에게 번거롭게 뭐 하러 일의 경위를 일러 주겠는가. 결정하고, 지배하고, 행동하고, 평결을 내리는 것, 모두가 그들 소관이었다.

염소……. 천방지축 들판을 뛰어다니지 못하게 안뜰에 묶어 놓은 염소가 떠올랐다. 내 목에 밧줄이 묶여 있는 것은 아니지만 이곳에 있는 내가 꼭 그 염소 꼴이다.

시간이 얼마나 흘렀을까. 문이 열리더니 아버지와 사쿠르가 들어왔다. 처음에 문이 열릴 때까지만 해도 나는 아버지와 사쿠르가 들어오는 줄 몰랐다. 피곤에 절어 있던 나는 조금은 성가신 표정으로 자리를 옮겨 앉을 요량으로 일어났다가 아버지와 사쿠르였음을 알아보았던 것이다.

"어떻게 여길?"

나는 놀라 물었다. 경찰은 아버지와 사쿠르도 연행해 왔던
것일까?

"여기 있었구나. 별일 없었지?"

"네. 그런데 여긴 웬일이세요? 그들이 아버지와 사쿠르를 조
사하겠대요?"

"아니다. 아냐. 그들이 우릴 부른 게 아니다. 우리는 네가 걱
정돼서 온 거다. 이렇게 만났으니 됐다."

내가 걱정이 된 그들은 무슨 일로 나를 데려왔는지 알아보기
위해 찾아온 모양이었다. 경찰은 아버지와 사쿠르를 나와 같은
방에 가두었다. 우리는 감히 항변할 엄두도 내지 못한 채 무력
하게 그곳에서 저녁때까지 있어야만 했다. 그래도 내 곁에 아
버지와 사쿠르가 있다는 사실만으로도 마음이 든든해졌다. 해
질 무렵이 되자 경찰은 우리를 마을까지 태워다 주었다.

내가 갇혀 있는 동안 그 어떤 심문이나 소위 그들이 말한 '형
식상 절차' 따위는 없었다. 경찰들의 행동에서 나는 막연히 그
들이 무언가를 꾸미고 있다는 것을 감지했다. 내가 알 수 없는
일. 그 일이 무엇인지는 모르지만 분명 내 주변에서 일어나고
있다는 느낌을 받았다. 하지만 아무도 나에게 그 일을 설명해
주지 않았고, 물어볼 수도 없었다.

아무것도 알지 못했기 때문에 내 궁금증과 의혹은 더욱 커져

만 갔다. 내가 유년 시절과 소녀 시절을 보내던 당시에는 어른들이 하는 말을 엿듣기 위해 귀를 쫑긋 세우곤 했었다. 질문을 해서도 안 되고 발언권도 없었던 나는 다른 사람들이 나누는 대화를 엿듣고서 주변에서 일어나는 일들을 이해했다. 하지만 애석하게도 이번에는 내 주변 사람 그 누구도 일의 내용을 아는 사람이 없었다. 하지만 뭔가가 일어나고 있다는 사실만큼은 막연하게나마 알 수 있었다.

무슨 일이에요? 지금 무슨 일이 일어나고 있나요? 물어볼 수만 있다면 얼마나 좋을까.

이튿날, 새벽 5시에 경찰이 다시 찾아왔다. 그들은 어제와 똑같이 나를 같은 장소, 같은 방으로 끌고 갔다. 그리고 어제와 다름없이 온종일 나는 그곳에서 하는 일 없이 보냈다. 둘째 날도 역시 어떤 심문이나 형식상의 절차도 없었다. 해질녘 경찰은 나를 다시 집으로 데려다 주었고, 삼 일째 되던 날, 그들은 역시 나를 데리러 왔다. 똑같은 감방, 똑같은 하루, 아무것도 한 것 없이 나는 며칠을 보냈다. 나는 나를 취재하러 온 기자들 때문에 어쩔 수 없이 나를 감금해 둘 수밖에 없을 거라는 막연한 생각을 해 보았지만 여전히 확신은 없었다.

하지만 이 같은 내 추측은 사실로 밝혀졌다. 그 사실을 미리 알았더라면 나는 경찰의 연행을 완강히 거부했을 테고, 집을 떠나지도 않았을 것이다. 그런데 삼 일째 되던 날 저녁이었다. 경찰은 아버지와 사쿠르, 그리고 몰라를 내가 있던 경찰서로 소환해 왔다. 나는 그들을 보진 못했다. 방 두 개가 서로 분리되어 있었는데, 우리는 각기 다른 방에 있었기 때문이었다. 나는 낌새로 한 곳은 형사소송 문제를 다루고 있고, 다른 한 곳은 범죄 문제를 취급하고 있음을 알아차렸다. 나는 그 두 개의 방 가운데 형사소송 문제를 다루는 방에 있었고, 아버지와 사쿠르, 몰라는 범죄 문제를 다루는 방에 있었다.

그들 셋 모두 나보다 앞서 사건 심문을 받았으며, 자신들의 진술을 마쳤다고 했다. 내가 가장 마지막으로 심문을 받았다. 내가 심문을 받기 위해 방 밖으로 나올 때 내 옆을 스쳐 지나가던 몰라가 재빨리 일렀다.

"조심해라! 저들은 우리가 한 말 모두를 저들 방식으로 기록한다. 우리가 한 말을 그대로 기록하지 않는단 말이야."

너무 지친 나머지 나는 몰라에게 알아들었다는 내색도 할 수 없었다. 드디어 내 차례가 됐다. 나는 두려울 게 없었다. 아니 두려웠지만 내 속에 인 두려움을 몰아내기 위해 나는 마음을 강하게 먹었다. 내가 겁을 먹는다면 오히려 일은 나한테 좋지 않은 쪽으로 전개될 것이다. 나는 그 이치를 알았다. 그 면 소재지를 총 진두지휘하는 서장 방에 들어서기가 무섭게 그는 내게 말했다.

"잘 들어라, 무크타르, 우리는 페즈를 잘 안다. 그는 악한 사람이 아니야. 그런데 네가 그를 고소했더구나. 고소를 해 봤자 아무 소용이 없다는 것을 너도 알 텐데 왜 그런 짓을 했지?"

그는 아주 고압적인 자세로 나를 대했다.

"페즈가 명령했어요. '여자가 여기 있다, 니들 맘대로 처리하라!' 라고. 페즈가 말했다고요."

"그런 주장하면 못쓴다. 그 말은 페즈가 한 말이 아냐."

그 말에 또다시 분노가 솟아올랐다.

"아뇨, 그가 그랬어요! 페즈의 말이 떨어지자마자 다른 사내들은 나를 외양간으로 끌고 갔습니다. 그리고 나를 덮쳤습니다. 내가 살려 달라고 비명을 지르며 애걸복걸했는데 그들은 내 말을 들어주지 않았습니다."

"네가 진술한 내용을 기록한 초기 진술서를 너한테 읽어 주마. 하지만 내일은 내가 널 법정으로 데려갈 것이다. 법관 앞에서는 너는 조심, 또 조심해야 한다. 내가 지금 너한테 하는 말을 그대로 해야 한다. 내가 다 준비해 뒀다. 이게 너와 네 가족, 그리고 모두를 위해 좋은 일이라는 것을 명심해라. 이것만이 최선이야."

그는 나를 설득했다. 하지만 나는 낮게 소리쳤다.

"그들이 날 윤간했단 말이에요!"

"넌 윤간당했단 말을 해서는 안 된다."

그는 나를 싸늘한 시선으로 쳐다보았다. 그의 책상 위에는 뭔가가 적힌 종이 한 장이 놓여 있었다. 나는 글을 읽을 줄 몰랐으므로 당연히 그 안에 뭐라고 씌어 있는지 전혀 알 수 없었다. 종이 안의 글자들을 안타깝게 바라보는 나를 보고 그는 이상한 표정을 지었다. 그 표정이 마치 나를 조롱하는 듯했다.

"너는 페즈의 이름을 들먹거려서는 안 된다. 네가 윤간당했다는 말을 해서도 안 돼. 거듭 말하거니와 너는 그가 무슨 명령을 내렸고, 그가 무슨 짓을 했다고 말하면 안 된다. 명심하거라."

"하지만 그가 거기 있었단 말이에요!"

그 말을 들은 나는 참을 수 없이 부아가 치밀었다.

"그가 그곳에 있었단 말은 해도 좋다. 그래. 그 말은 해도 좋아. 우리도 그건 아니까. 하지만 페즈가 명령을 내렸다는 말만큼은 절대 해서는 안 된다. 대신 너는 페즈가 '여자가 여기 있다, 여자를 용서해 주거라!' 이렇게 말했다고 주장해야 한다."

나는 더 이상 그곳에 있을 수가 없었다. 나는 서장실 밖으로 뛰쳐나오면서 큰 소리로 외쳤다.

"내가 무슨 말을 할 것인지는 내가 알고 있고, 또 이미 다했으니 이곳에서 당신이 지껄이는 말을 더 들을 필요도 없어! 나는 내가 알고 있는 것만 말할 거야."

복도로 나온 나는 경찰서로 떠날 채비를 했다. 내 분노는 수그러들지 않았다. 아니 오히려 내 분노는 탄력을 받고 있었다. 이제 내 머릿속은 분명하게 정리가 됐다. 경찰은 내가 페즈의 무죄를 입증해 주길 바라고 있었다. 또 내가 고소를 포기할 정도로 충분히 겁을 먹었을 거라 생각할 것이다. 하지만 그는 오히려 내 분노를 부추겼을 뿐이다.

그 작자가 페즈를 잘 안다고? 페즈가 그리 악한 사람이 아니라고? 마을 사람들 반은 그가 어떤 만행을 저질렀는지 잘 알고 있다. 그리고 앞으로 저지를 것이다. 그 사실은 아버지도 삼촌도 다 알고 있다. 사쿠르와 나는 그의 희생양들이다. 그런 그가 나쁜 사람이 아니라고? 경찰관의 말처럼 '그가 그리 악한 사람이 아닐' 때는, 우리 부족 사람들이 몇 평 안 되는 땅뙈기라도 구입할라 치면, 온갖 방해 공작을 편 뒤 결국 자신이 그 땅들을 사들이는 것으로 일을 마무리 지을 때다. 그들은 소작농인 구자르 계급이 땅을 소유하는 것을 참을 수 없는 것이다. 구자르 계급 사람들은 언제나 자신들에게 충성을 해야 하고, 자신들은 우리를 하인처럼 부려야 하는 것이다. 봉건적인 권력이란 그런 것이다. 그 권력은 땅에서 시작되어 강간으로 끝마무리된다.

나는 가난한데다 문맹이었다. 또한 남자들 일에 한 번도 개입한 적이 없었다. 그렇다고 내가 사람이 아닌 것은 아니다. 가난하고 문맹인 나에게도 듣고 볼 수 있는 귀와 눈이 있다. 게다가 나는 말을 할 수 있지 않은가. 그래, 하고픈 말을 할 수 있는 목소리가 있지 않은가! 나는 신이 내게 준 목소리로 내가 당한 일을 이야기할 것이다. 어떠한 협박과 위협에도 굴복하지 않을 것이다. 신은 창문을 통해 나를 내려다보고 계실 것이며, 신은 그들의 잘못 또한 다 알고 계신다. 그러니 내가 두려워할 일이 없다.

서장실을 박차고 나온 내 뒤를 경찰이 따라 나왔다. 그는 나를 아버지와 몰라로부터 떨어진 곳으로 끌고 갔다.

"무크타르 마이, 진정하고 이리 와 봐. 이리 와서 내 말을 들어 봐. 너는 우리가 일러 준 대로 진술해야 돼. 왜냐하면 그게 너한테나 우리한테 좋을 테니까. 네가 만약 우리의 말을 무시한다면 이제까지 네가 당한 고통은 아무것도 아닐 거다. 그러니 우리가 시키는 대로 해야 한다."

그런데 그때였다. 나를 끊임없이 회유하는 경찰에게 내가 뭐라고 반박할 시간도 없이 다른 경찰이 아버지와 몰라, 그리고 사쿠르를 다른 사무실로 끌고 가며 외쳤다.

"자, 지금 당장 우리가 조서를 꾸며야 되는데 당신들은 서명만 하면 됩니다. 나머지는 우리가 알아서 작성하겠습니다."

　그 말에 나를 회유하던 경찰은 입을 다물었다. 아버지와 몰라, 사쿠르를 끌고 가던 경찰은 아무것도 씌어 있지 않은 백지 세 장을 집어 들더니 이내 세 사람과 함께 다른 방으로 들어갔다. 얼마 되지 않아 그가 다시 나왔다. 그리고 내 쪽으로 다가서며 말했다.

　"네 아버지와 몰라, 그리고 사쿠르는 동의하고 사인했다. 나머지는 우리가 알아서 채워 넣을 거야. 네 번째 종이는 네 것이다. 너도 저들처럼 해라. 사인 대신 지장을 찍어. 그러면 우리가 정확히 네가 한 말을 적어 넣을 테니 문제는 생기지 않을 것이다. 엄지손가락으로 찍어라!"

　몰라가 서명을 했다고? 나는 그 누구보다도 몰라를 신뢰했다. 그가 서명을 했다면 일이 정당할 것이다. 몰라는 함부로 행동하지 않는 사람이었다. 나는 몰라가 사인을 했다는 말에 아무런 의심도 하지 않고 그가 내미는 종이에 지장을 찍었다. 그 하얀 종이에 내 엄지손가락의 지문이 선명했다.

　"잘했다. 봤지? 형식상의 절차일 뿐이야. 조금 있다가 우리가 너희들을 법정의 법관 앞으로 데려다 줄 테니 여기서 기다리도록 해라."

　그는 만족한 표정을 지어 보이고는 방을 나갔다. 나는 찜찜한 구석이 있었지만 몰라를 믿었다.

해가 지고 난 뒤인 7시경, 경찰차 두 대가 우리를 데리고 출발했다. 첫차에는 몰라 혼자 탑승하고, 우리 셋은 두 번째 차에 탔다. 우리를 태운 차는 법정으로 향했다. 한데 출발한 지 얼마 되지 않아서 경찰은 차를 멈춰 세웠다. 집에 손님이 찾아와서 그러니 법정으로 나오지 말고, 우리를 자기 집으로 데려오라는 법관의 전갈 내용 때문이었다. 경찰은 법관의 명령대로 우리를 법정이 아닌, 법관의 집으로 데려갔다.

우리가 법관의 집에 도착하자 그는 또 생각을 바꿨다.

"안 되겠네. 사람이 너무 많아서 여기서는 안 되겠네. 차라리 법정에서 일을 보는 것이 낫겠네. 저들을 다시 법정으로 데리고 가게. 곧 자네들을 뒤따라감세!"

경찰은 이번에도 충실히 그의 명령을 따랐다.

우리는 법정 밖, 문 앞에서 법관을 기다렸다. 그리고 법관이 들어온 것과 때를 같이해서 페즈와 네 명의 사내들을 태운 경찰차 한 대가 당도하는 것이 보였다. 밤이라서 그들의 얼굴을 명확히 구분할 수는 없었다. 나는 페즈만 알아봤다. 하지만 나머지 사내들이 나를 윤간한 작자들이라 미뤄 짐작했다.

나는 그들이 소환된 사실을 몰랐다. 우리의 대화를 달가워하지 않는 경찰관들 때문에 그들과의 대화는 물론 우리끼리도 말을 하지 않았다. 중압감에 시달리는지 사쿠르의 표정이 어두웠다. 지난날 마스토이들로부터 입은 상처에서는 더 이상 피가 흐르지 않았지만 아직 사쿠르의 얼굴에는 그가 겪었던 흔적들이 고스란히 남아 있었다. 하지만 사쿠르는 얼굴에 난 상처보다도 마음의 상처에 더 힘들어 했다. 얼굴의 상처는 시간이 지나면 저절로 낫겠지만 마음의 상처는 언제까지나 깊은 상흔으로 남아 있을 것이다. 나는 그것을 알았다. 사쿠르의 마음을 온전히 이해하는 사람은 나밖에 없을 것이다. 아버지나 삼촌 역시 사쿠르를 위로하고 염려했지만 나는 사쿠르가 그 어떤 위로의 말로도 마음의 상처를 치유할 수 없다는 사실을 알았다. 때문에 나는 사쿠르가 더 안쓰러웠다.

사쿠르는 지금까지 아버지에게만 말을 붙였을 뿐 아무하고도 말을 하려 하지 않았다. 나는 동생 역시 스스로 알아서 자신을 방어하길 원했다. 그것만이 최선이었다. 하지만 그는 어렸기 때문에 스스로 모든 일을 판단하고, 올바른 결정을 내리지 못했다. 더구나 경찰서와 법정이란 장소 역시 사쿠르를 긴장하게 만들 테고, 극악무도한 그들을 상대하는 것 역시 어린 사쿠르에게는 쉬운 일이 아니었을 것이다. 나는 사람들이 나에게 했던 것처럼 사쿠르에게도 아무도 고소하지 말라는 부탁을 했을지 모른다는 생각이 들었다.

그나마 다행스러운 일은 그곳에 아버지가 함께 계신다는 것이다. 아버지는 항상 그랬던 것처럼 우리를 보호해 주었다. 자신들에게 귀찮은 일이 생길까 봐 아들과 딸들을 주저 없이 희생시키기는 일부 아버지들과는 정반대였다. 아버지는 남편이 게으르고 약속을 지키지 않는, 올바르지 못한 사람이란 것을 아시고, 내가 이혼을 결심했을 때 나를 지지할 만큼 자식에 대한 애정이 각별한 사람이었다.

그랬다. 아버지는 내가 탈라크(talaq)를 얻어 낼 수 있을 때까지 단호하게 대처했다. 탈라크는 남편만 제공할 수 있었다. 그것은 남편의 이혼 승낙을 의미했다. 그것을 얻지 못하면 여자는 이혼이 불가능했다. 만약 탈라크가 없으면 판사 앞에 출두해 이혼 사유에 대한 정당성을 밝혀야 하는데, 그 비용이 비쌀뿐더러 언제나 이혼 승낙 판결이 내려지는 것도 아니기 때문이다. 나는 아버지와 내 옹고집 덕분에 자유를 되찾았다. 그 옹고집은 남자들을 상대할 때 내가 가진 유일한 힘이었다.

아버지는 부족법에 따라 페즈가 마을 부족 회의에서 용서를 허락했어야 한다고 믿고 계셨다. 법조문 어딘가에는 그렇게 적혀 있다고 아버지는 내게 말씀하셨다. 가족 간에 발생된 살인 사건이라도 용서는 가능했다. 실상 그 법은 가장 힘센 사람들에게 유리한 법이다. 그들은 과오를 용서해 줄 수는 있지만, 꼭 그럴 의무는 없기 때문이다. 부족 회의 멤버들 대다수가 마스토이들이라, 그들이 부족 회의를 쥐고 흔들었다. 마스토이들이 용서를 해 주지 않았으니 나도 그럴 참이다. 그들이 당했다고 주장하는 모욕은 동생과 내가 당한 모욕에 비하면 아무것도 아니니까.

마스토이들만 명예가 있는 것은 아니다.

나는 법관 앞으로 불려 나갔다. 이번에는 내가 먼저 조사를 받았다. 나를 부른 법관은 기품이 있어 보였고, 아주 정중했다. 몇 번이나 심문하는 자리에 불려 갔지만 내가 앉을 수 있도록 보조 의자를 가져다 달라고 요청한 사람은 그 법관이 처음이었다. 법관 의자에 앉아 있는 그에게서는 권위가 느껴졌다. 나는 법관이 앉아 있는 책상 맞은편에 앉았다. 그는 주변 사람에게 물병과 잔도 가져다 달라고 했다. 그는 친절하게도 나에게 물을 권했고, 나는 그가 주는 물을 달게 마셨다. 무척 힘든 하루를 보낸 나는 그가 고마웠다. 그리고 한편으로는 이런 법관을 만나게 된 것은 신이 나를 돕고 계시기 때문이라는 느낌을 받았다. 이처럼 여자에게 친절한 사람은 절대 나쁜 사람은 아닐 것이다. 무조건 마스토이들을 편들지도 않을 테고, 그들에게 유리하도록 사건을 끌고 가지도 않을 것이다.

"자, 무크타르 마이, 당신은 지금 판사 앞에 있다는 사실을 절대 잊으면 안 됩니다. 무슨 일이 있었는지 진실 그대로 내게 다 털어놓으세요. 겁내지 말고. 당신은 지금 나랑 단둘이 있습니다. 그리고 당신이 진술한 내용은 비서가 기록할 겁니다. 그것이 법정이 할 일이고, 내가 여기 있는 것도 사건 내막을 밝히기 위한 것이니까요. 그러니 나를 믿고 털어놔 봐요."

그의 말이 끝나자마자 나는 차분하게 이야기를 꺼냈다. 그러나 이내 목이 턱, 하고 막혀 버렸다. 어찌 됐든 강간을 말한다는 것은 고통이었다. 그것도 피해 당사자가 당시를 회상하며 말을 한다는 것은 또 다른 강간이었다. 그는 나를 격려하며 채근했다.

"내게 진실을 말해야 된다는 것을 명심하세요. 긴장하거나 두려워 말고 내게 모든 걸 털어놔 봐요."

그는 여전히 정중했다. 그의 태도나 말하는 방식이 나로 하여금 새로운 믿음을 불러일으켰다. 나는 또다시 내 앞에 있는 법관이 공정할 것 같다는 예감이 들었다. 그의 태도는 분명 경찰들과는 달랐으므로. 그는 나를 위협하며 심문을 시작하지도 않았고, 없는 사실을 조작해 나에게 강요하지도 않았다. 그가 원하는 것은 오직 진실뿐이었다. 무엇보다 그는 내가 모멸감이 들지 않도록 내말을 주의 깊게 들어주었다. 간간이 내가 감정이 복받쳐 몸을 부르르 떨거나 혹은 진땀을 흘리며 격분하면, 그는 내게 격앙된 감정을 진정시킬 수 있도록 틈을 주기도 했다.

"진정하시고 좀 쉬세요. 물 한잔 드시고."

나는 그가 따라 준 물을 들이켰다. 그리고 다시 이야기했다.

심리는 한 시간 반 동안이나 지속됐다. 그는 그 저주스러운 외양간에서 일어난 일에 대해 아주 소상히 알고 싶어 했다. 나는 모든 걸 털어놓았다. 아직 아무에게도 털어놓지 않은, 어머니에게조차도 털어놓지 않은 것들까지 모든 걸 말하고 나자 갑자기 내 속이 텅 비어 버린 듯했다. 그러나 아직 상세한 것까지는 이야기하지 못했다. 그들이 내 속으로 헤집고 들어올 때 내가 겪어야 했던 그 끔찍한 상태에 대해 나는 이야기할 수 없었다.

내가 말을 마치자 법관은 비로소 자신의 자리로 가서 앉았다.

"당신이 내게 진실을 털어놓은 것은 잘한 일입니다. 판결은 신이 내릴 겁니다."

그는 묵묵히 메모를 했다. 나는 너무 피곤해 책상에 머리를 대고 엎드렸다. 그 순간 나는 자고 싶었고, 집에 돌아가고 싶었고, 사람들이 더 이상 나에게 질문을 던지지 말기를 간절히 바랐다.

이어 판사가 몰라인 라자크를 불러들였다. 그는 내게 그랬던 것처럼 라자크 역시 정중히 맞았다.

"제게 진실을 말해야 됩니다. 당신은 존경받는 사람이니 당신한테 기대해 보겠습니다. 제게 숨김없이 다 말해야 됩니다."

판사는 몰라에게 진실을 말할 것을 강요했다. 왜 아니겠는가. 판사는 모든 것을 알아야 했다. 마스토이들이 꾸며 낸 말들에서 벗어나 진실을 알아야 했다.

몰라가 진술을 시작했다. 하지만 이내 그의 말이 들리지 않았다. 너무 피곤한 나머지 나는 나도 모르게 잠에 곯아떨어져 버린 것이다. 당연히 잠에 빠져 버린 나는 몰라의 말도, 그 이후의 상황도 듣지도, 알지도 못하게 돼 버렸다. 그랬다. 나는 더 이상 아무런 기억이 없다. 몰라 다음에 누가 들어왔고, 무슨 말이 오고 갔는지 그저 안개 속이었다. 아버지가 날 깨워서야 비로소 나는 정신을 차렸다. 어떻게 그런 장소에서 그렇듯 깊은 잠을 잘 수 있었는지, 나는 마치 분노가 걸어 가 버린 그간의 잠을 다 잔 심정이었다. 모처럼 공정한 재판관을 만났다는 안도감에 그렇듯 다디단 잠을 잘 수 있었던 것이다.

"무크타르, 우리 간다. 이제 떠나야 돼."

아버지에 의해 잠에서 깨어난 나는 조금은 민망했다. 내가 홀을 빠져나올 때 판사는 의자에서 일어나 내게 다가오더니 위로의 표시로 자신의 손을 내 머리에 갖다 대고는 당부했다.

"기운 내세요. 용기를 내요. 여러분, 모두 기운 내세요."

그 말이 나의 힘을 북돋워 주었다. 가족 외에 아무도 나에게 그런 말을 해 준 사람이 없었다.

경찰이 우리를 집으로 데려다 주었다. 그곳을 떠나올 때 나는 페즈와 그 일당들을 보지 못했다. 그들이 우리 다음에 심문을 받았는지 나는 모른다.

그 이튿날, 상황은 달라져 있었다. 집 앞에 낯선 사람들이 보이는가 싶더니 얼마 가지 않아 인권 단체 관계자들과 기자들이 모여들었다. 나는 그들이 이곳에 어떻게 왔는지, 또 정보를 어디서 얻었는지 알지 못했다. 나는 이슬라마바드에서 내려온 파키스탄 출신의 영국 BBC 텔레비전 특파원도 만났다. 외국인들이 너무 많아서 그들이 누구며 어디서 온 것인지 세세히 알 수는 없다. 그들은 내 일에 호기심을 가졌고, 함께 분개했다. 갑자기 일어난 그 모든 것들이 나를 어리둥절하게 만들었다. 나는 우리 마을 밖 사람들과 그렇게 많은 이야기를 해 보는 것도 처음이었고, 그렇게 많은 시간을 가져 본 것도 처음이었으며, 더구나 그들이 내 일을 궁금해하는 것도 처음이었다. 외국인과의 대면은 더더욱 처음이었다. 하지만 나는 이내 그 상황에 익숙해져 갔다.

사람들이 들락거리는 것이 일상이 되어 버렸다. 작은 우리 집이 그렇게 많은 사람들로 붐빈 적은 한 번도 없었다. 낯선 사람들을 피해 닭들이 이리저리 뛰어다녔고, 개가 짖어 댔다. 나흘 동안 그 모든 사람들은 내 주변을 따라다니며 나를 취재했다. 누군가가 지나치다 싶을 정도로 상세한 것을 캐묻지 않는 한 나는 그들의 질문에 거침없이 답변했다. 지금 마을에 불고 있는 이 뜨거운 열기가 내 이웃들의 협박으로부터 나를 보호해 줄 수 있으리라 믿어 의심치 않았다.

마스토이들의 농장은 눈에 빤히 보이는 거리에 있었다. 만약 이 사람들이 우리 마을에서 일어나는 마스토이들의 만행을 속속들이 알고 싶다면 나는 모든 것을 다 말해 줄 참이다. 나는 우리 지역에서 강간당했던 여자들의 분노의 상징이 되고 싶었다. 여성이 최초로 그 어떤 표상이 되는 셈이었다.

나는 그들을 통해 내가 알지 못했던, 신문들에 실렸던 다른 비극적인 사건들—강간들과 여타 폭력 사건들—에 대해 알게 됐다. 사람들은 내게 인권 단체들이 편자브 정부에 올린 보고서를 읽어 줬다.

보고서에 따르면 6월에만 이십 명이 넘는 여성들이 오십삼 명의 남자로부터 강간당했다고 한다. 그중 둘은 죽었는데, 한 명은 신고를 우려한 강간범들이 살해한 것이고, 다른 한 명은 절망에 빠져 7월 2일 자살했다고 했다. 그날 나는 판사한테 심리를 받았었다.

그 여자가 자살한 것은 경찰이 그녀를 덮친 녀석들을 체포하지 못했기 때문이었다. 남자들이 무슨 짓을 저지르든 간에 여자들은 고통 속에서 침묵으로 일관해야 된다는 게 불문율이었다. 그건 여자들에게 가해지는 또 다른 테러였다. 나는 '전통'이라는 미명과 경찰들의 억압에도 불구하고 법정투쟁을 벌여, 진실을 밝혀내야겠다는 결심을 굳혔다. 더 이상 여자들이 죽어나가지 않게. 그 여자의 죽음은 내가 싸울 수 있는 큰 힘이 되었다.

나는 더 이상 자살을 염두에 두지 않았다.

인권 운동을 펼치는 한 파키스탄 여자가 내게 말했다.

"우리나라 여성의 절반은 폭력에 시달립니다. 여자들은 강제로 결혼을 하거나, 강간을 당하거나, 교환할 수 있는 물품 취급을 받습니다. 여자들이 무슨 생각을 하느냐는 중요치 않습니다. 왜냐하면 남자들은 여자들이 생각하는 것을 원치 않기 때문입니다. 그들은 여자들이 글을 읽고 쓰는 것을 배우길 원치 않습니다. 여자들이 주변 세상이 어떻게 돌아가고 있는지 알기를 원치 않기 때문입니다. 알게 되면 골치 아픈 일이 생기니까요. 그래서 문맹 여성들은 자신들을 방어할 수 없게 됩니다. 그녀들은 자신들의 권리를 모른 채 사람들이 시키는 대로 자신들의 분노를 삭이며 삽니다. 하지만 우리는 당신과 함께할 것입니다. 힘내세요."

그녀의 말처럼 사람들은 내게 똑같은 짓을 시도했었다. 너는 내가 하라는 말만 하면 된다. 그게 너에게 좋을 테니까, 라며 심문을 했던 경찰도 나에게 강요했었다. 이제 나는 더 이상 그들의 말을 듣지 않을 것이다.

어떤 기자가 페즈의 또 다른 범죄를 언론이 들춰냈다고 내게 귀띔해 줬다. 어떤 여자가 경찰에게 자신의 딸과 관련된 고소장을 접수했는데, 페즈가 올해 그 애를 납치해 수차례에 걸쳐 욕을 보였으며, 지역 언론이 내 사건에 대해 떠들어 대던 시기에 그녀를 슬그머니 풀어 주었다는 내용이었다. 그들은 그러고도 남을 사람들이었다.

그들을 통해 내 귀는 수많은 소식들을 듣고, 내 눈은 수많은 얼굴들을 본다. 내가 이때껏 살아오는 동안 그때처럼 많은 이야기들을 들어 본 적이 없었다. 그리고 이 일이 있기 전까지 내가 얼마나 세상을 안온하게 살아왔는지 깨닫지 못했을 것이고, 내가 당한 고통이 세상에서 가장 끔직한 것으로 여겼을 터이다. 이들이 없었다면 내 귀와 눈은 아무것도 들을 수 없고, 볼 수 없었을 것이다. 오로지 절망만이, 분노만이, 슬픔만이 내 귀와 눈을 지배했을 것이다.

내게 보이는 미디어들의 관심은 내가 법적 대응을 취했기 때문이다. 또한 전례 없이 지르가의 수장이 집단 윤간을 평결했기 때문이며, 다행히도 그 사실이 세상의 수면 밖으로 나왔기 때문이다. 나는 사실상 수천만 파키스탄 여자들의 역사와 뗄 수 없는, 일종의 상징이 된 셈이다. 사실 나는 그것까지는 원하지 않았었다. 나는 내 분노에 치를 떨었고, 내 복수를 하고 싶어 시작한 일이었다. 하지만 이제는 내 일이 아니었다. 모든 파키스탄 여자들의 일이 돼 버린 것이다. 나는 어떻게 하든 그녀들을 위해 용감히 싸워야 했다.

머리가 빙빙 돌았다. 마침내 나는 내 주변이 또렷이 보이는 느낌을 받았다. 우리 마을 너머, 우리 지역 너머, 이슬라마바드까지 내가 모르던 세상이 보였다. 어린 시절 나는 사촌들이나 친구들이 살고 있는 마을 너머까지 가 본 적이 한 번도 없었다. 내 세계는 우리 집안과 마을이 전부였다.

우리 집에 가끔 들리던 삼촌 한 분이 생각났다. 삼촌은 아주 어릴 적부터 카라치에서 살았다. 여동생들과 나는 그가 들려주는 바다와 비행기들과 산들, 그리고 그곳을 찾은 외지 사람들에 대한 이야기에 빠져들곤 했다. 내가 일곱 살이나 여덟 살 때 일이었다. 나는 삼촌이 들려주는 이야기들이 생경해서 무슨 말인지 도통 알아들을 수가 없었다.

나는 내가 살고 있는 우리 마을이 파키스탄의 일부라는 사실
은 알았다. 그런데 삼촌은 서쪽으로 가면 유럽과 같은 다른 나
라들이 있다고 했다. 내가 아는 것이라고는 우리나라가 영국
사람들의 지배를 받았다는 것이 고작이었다. 하지만 나는 그들
을 한 번도 본 적이 없었으며 파키스탄에 '외국인들'이 살고 있
다는 것조차 알지 못했다. 남부 지방에 위치한 우리 마을은 도
시로부터 아주 멀리 떨어져 있어서, 텔레비전도 삼촌이 선물하
기 전까지는 구경도 못해 봤다. 텔레비전 영상들이 나를 매료
시켰다. 그 낯선 물건 뒤에 누가 숨어 있는지 내가 알 턱이 없
었지만, 내가 말할 때 그 물건도 말했다. 물론 방에는 나 외에
그 누구도 없었다. 그런데 나를 찍어 대는 저 카메라들은 텔레
비전 영상을 만들기 위해 나온 것들이며, 저 사진사들은 기자
들이다. 나는 한 번도 내가 텔레비전에 나오리라는 사실을 생
각해 보지 못했다. 내가 말할 때 그 물건도 따라 말하던 그때의
놀라움은 아직도 어제 일처럼 생생한데, 내가 그 안에서 말하
게 될 줄이야.

마을 사람들은 기자들이 펀자브 정부를 비난할 목적으로 나
를 이용하고 있다고 수군댔다. 더욱이 날이 갈수록 강도를 높
여 가며 기사를 쓰고 있는데 내가 우둔하게도 그 사실을 알지
못하고 그들에게 휘둘리고 있다고 했다. 자살하거나 혹은 살아

있는 채로 매장당해도 시원찮은데, 오히려 떠들어 대고 있으니 수치스러운 일이라 눈치를 주었다. 나는 마을 사람들의 이야기에는 신경을 쓰지 않기로 했다. 내 귀는 새로운 사실을 접하는 것만으로도 분주했기 때문에.

나는 도처에서 이곳을 방문한 사람들로부터 많은 것을 알게 됐다. 이를테면 내 동생을 강간범으로 몰고, 나를 강간한 일련의 사건 뒤에는 마스토이들의 또 다른 계략이 있었다고 했다. 우리를 우리 땅에서 몰아내기 위한 공작 말이다. 구자르들은 그들의 골칫거리였다. 그들은 우리 같은 농부 계급 출신들이 그들의 땅을 사들이는 것을 원치 않았다. 내가 그 사실을 확인할 길은 없었다. 하지만 일부 우리 집안사람들은 그렇게 믿고 있었다. 왜냐하면 우리는 그들보다 가난하고, 소수인데다 정치적 도움도 받지 못하고 있기 때문에 사실을 확인하거나 그들에게 따져 물을 수 없었다. 아무튼 구자르가 땅을 구입한다는 것은 여간 어려운 일이 아니었다. 어쨌거나 사람들은 경쟁적으로 새로운 사실들을 가져왔고, 그 새로운 사실들 앞에서 나는 마치 바보가 된 느낌이었다.

지난 나흘 동안에 걸쳐 온 마을을 떠들썩하게 했던 언론기관들이 내게 잔인하게 일깨워 준 것은, 읽고 쓰지 못한다는 것은 가장 큰 구속이라는 사실이었다. 나는 중요한 내 사건에 대해 본인인 내 의견을 제대로 반영시킬 수 없다는 깨우침을 얻었다.

나는 지금 그것이 괴롭다. 우리가 가난하다는 사실보다 그게 더 괴로웠다. 왜냐면 우리는 당장에 끼니를 거를 만큼 가난하지는 않았기 때문이다. 우리에게는 수소 두 마리, 암소 한 마리, 염소 여덟 마리, 사탕수수 밭이 하나 있었고, 그걸로 근근이 입에 풀칠은 할 수 있었다. 하지만 나는 활자체로 된 그 어떤 것도 알 수 없었다. 내가 아는 글자는 단 하나도 없었다. 그것이 미치도록 날 화나게 만들었다. 내가 지닌 유일한 보물은 코란이 전부였다. 그것은 내 머릿속에 기록돼 있었다. 그것은 내 기억 속에 기록된 유일한 책일 뿐이다.

아쉽게도 내가 배운 방식대로 나한테 코란을 배우며 암송하던 아이들은 더 이상 나를 찾아오지 않았다. 내가 존경받았던 것은 코란을 가르쳤기 때문이었는데, 이제 마을 사람들은 나를 피했다. 아무도 나를 존경하지 않았다. 대신 지나친 소음과 사진기들, 촬영 카메라들과 지나치게 많은 스캔들을 몰고 온 기자들만이 내 주변을 맴돌 뿐이었다.

그들이 내 일들을 기사화하기 시작하면서부터 일부는 나를 영웅 취급했고, 또 다른 일부는 나를 페스트 환자나 혹은 겁도 없이 마스토이들에게 덤비는 거짓말쟁이 취급을 했다. 영웅 대접을 받는 일은 내가 원해서 된 게 아니었다. 오히려 나는 거짓말쟁이 취급을 받을 각오를 했었다. 그랬다. 투쟁을 하려면 모든 것을 잃을 각오를 해야 했다. 내 유명세, 내 명예, 이 모든 것은 곧 내 삶이었지만 그때 그것들은 중요치 않았다. 내가 원했던 것은 그들에 대한 정당한 심판뿐이었다. 그 마음은 지금도 마찬가지였다.

다섯째 날이었다. 두 명의 경찰이 도지사가 나를 찾는다는 전갈을 가지고 왔다. 그들은 아버지와 나, 그리고 사쿠르와 몰라를 무자파르나가르로 데리고 갔다. 가면서 나는 생각했다. 소위 '형식상의 절차'라고 부르는 것들은 끝난 것이 아닌가 하고. 남은 것은 단지 법정이 공정하게 일을 처리하는 일만 남았으며, 더 이상 '형식상의 절차' 따위로 이리저리 불려 다니는 일은 이제 없어져야 한다고.

도지사의 집무실에 도착하자 낯익은 경관이 눈에 띄었다. 그들은 다름 아니라 경찰서에서 내게 시키는 대로 진술해야 된다며, 내가 해야 할 말을 자신들이 임의롭게 만들어 나에게 읽어 주고, 또 그렇게 답변하기를 강요했던 두 명의 경관이었다. 또다시 압박이 시작된 것일까?

나도 모르게 인상을 찌푸렸다. 나는 그때부터 걸핏하면 짜증을 냈다. 나는 몰라와 아버지를 신뢰했기 때문에, 그들이 내 주변에서 나를 지켜 주리라는 믿음으로 인해, 경찰이 내민 종이

밑에 지장을 찍었다. 나는 그제야 그게 함정이었다는 생각이
들었다.

도지사는 모든 사람들을 물리치고 나와의 독대를 원했다.

"아가씨, 혹시 저 남자들과 문제가 있거나 아니면 저들한테
감정이 있습니까?"

도지사가 말한 저 남자들이란 두 명의 경관을 지칭한 것이
었다.

"문제는 없습니다. 다만 저들 중 한 명이 내게 흰 종이에다
지장을 찍도록 강요한 적이 있습니다. 내 남동생, 몰라 그리고
아버지한테도 종이를 내민 사람이 그자입니다. 우리는 그 종이
에 뭐라 적혀 있는지조차 알 길이 없습니다."

"그래요?"

도지사는 놀란 얼굴로 나를 유심히 쳐다봤다.

"그런 짓을 자행한 자의 이름은 압니까?"

"모릅니다. 하지만 얼굴을 보면 알아볼 수 있습니다."

"좋습니다. 그자들을 다시 불러들일 테니 손가락으로 아가씨
가 지목해 주세요."

그가 두 경찰관을 불러들였다. 나는 그자들이 우리 지역 경
찰서의 부서장 직함을 가진 자들이었다는 사실을 그때까지도
알지 못했다. 나는 문제의 남자를 지목했다. 도지사는 내가 그

들을 지적하자 얼굴을 일그러뜨리더니 한마디 말도 없이 그들을 내보냈다. 그리고 내게 말했다.

"저자는 내가 알아서 처리하겠습니다. 저들은 나한테 가져다주려고 준비했던 서류를 분실한 것 같습니다. 어쨌든 간에 저들은 그 서류에 뭐라 적혀 있는지 별로 아는 게 없는 것 같습니다. 내가 저들에게 서류를 되찾아 오도록 지시했습니다. 추후에 당신들을 다시 소환하겠습니다."

나는 도지사 앞에서 물러 나왔다.

사나흘 뒤, 지역 경찰서에서 우리를 찾아와 그 이튿날 공판이 있다는 사실을 알려 주며 우리를 공판장으로 데리고 갔다.

새롭게 안 사실이었지만 그날, 무자파르나가르에서 우리를 기다리고 있던 사람들은 도지사가 아니라, 병원 의사들이었다. 우리가 기자들에게 사건의 경위를 설명하는 그 며칠 동안 마스토이들이 우리를 고소했다고 했다. 그들은 살마를 경찰서로 데리고 가, 우리 아버지가 그녀를 강간했다는 고소장을 제출했다고 했다. 그 고소장에 따라 살마와 사쿠르는 의사의 검진을 받아야 했다.

때마침 살마가 거의 우리와 같은 시각에 다른 경찰 트럭을 타고 공판장에 도착했다. 나는 내가 왜 그곳에 있어야 하는지 그 이유를 그때까지도 모르고 있었다. 물론 마스토이들이 우리를 고소했다는 사실도 알지 못했다. 어쨌거나 살마를 지금에 와서 검진한다는 것은 여자인 내가 볼 때 시기적으로 너무 늦은 감이 있었다. 나 또한 윤간을 당하고 일주일이나 지난 6월 30일에야 검진을 받았었다. 물론 내가 서둘러 경찰서를 찾아가야 했었지만 그 당시에 내게 그것은 불가능한 일이었다.

경찰들은 어머니가 세탁해 버린 내 옷가지들을 챙겨서 의사에게 건넸었다. 그렇다 하더라도 의사는 내가 알고 있는 것을 알고 있을 게 분명했다. 예를 들면 겁탈 때문에 생긴 상처 같은 것들 말이다. 그는 당시 내게 아무 말도 해 주지 않았지만 내가 강간당했다는 엄연한 증거를 확인할 수 있었을 것이다. 나는 그가 검진을 통해 내가 미치거나, 정신 나간 사람이 아니라는 사실을 확인시킬 수 있었던 것을 참으로 다행으로 여겼다. 내가 다행으로 여겼다고 하더라도 능욕의 고통, 그것을 즐겁게 들먹거릴 수 있는 사람은 아무도 없을 것이다. 자존심 때문이든, 혹은 수치심 때문이든, 나도 그 일을 가급적이면 입 밖에 내지 않았다.

살마가 6월 22일 강간당했다고 주장했는데 때늦은 감이 있었다. 그녀가 혹시 숫처녀였다면 모르겠지만 그럴 리는 없었다. 하여간 의사는 간단한 테스트를 한다며 사쿠르를 호출했다. 의사는 사쿠르가 많아 봤자 열두 살이나 열세 살밖에 되지 않는다고 했다. 아버지가 이미 알고 있는 나이 그대로였다.

한편 살마가 검진을 받을 때 나는 현장에 없었다. 하지만 한참 후에, 마을에 떠도는 소문을 통해 나는 그 소식을 알게 됐다. 주치의가 살마한테 그녀 몸에서 채취한 것을 사쿠르의 것과 비교 분석해 봐야 한다고 언급하자 그녀가 갑자기 진술을 번복했다는 것이었다.

"사쿠르요? 나를 강간한 것은 그가 아니에요! 사쿠르는 내 팔을 붙들고 있었고, 그의 형과 그의 사촌 세 명이 절 강간했단 말이에요!"

그녀의 말에 의사가 이죽거리는 투로 말했다.

"너 지금 뭐라 했니? 열두 살 난 소년 혼자서 팔을 잡아 널 제압하고, 그동안 다른 세 명이 널 겁탈했다는 거니? 넌 날 바보로 아니?"

의사의 말에 그녀는 아무 말도 못했다고 했다.

우여곡절 끝에 의사가 그녀의 검진을 마쳤다. 그들은 그녀가 대략 스물일곱 살이란 소견과 함께 그녀가 이미 3년 전에 처녀성을 잃었다고 진단했다. 뿐만 아니라 그녀는 유산 경험도 있다고 했다. 최종적으로 의사들은 그녀가 최근 성관계를 가진 것은 그녀가 강간을 당했다고 주장하는 6월 22일보다 훨씬 이전이라는 견해를 내놓았다.

의사들이 그러한 사실들을 어떻게 밝혀내는지 내가 정확히 알 수는 없었지만, 아무튼 나는 매일같이 세상과 사람들한테 뭔가를 배우고 있었다. 그들이 사쿠르를 상대로 한 검사는 DNA 검사라 했다. 중요한 것은 사쿠르가 살마를 강간하지 않았다는 것이다. 그는 단지 살마가 사탕수수 밭에 있던 순간 그 자리에 있었을 뿐이다. 마스토이들은 그 상황을 이용한 것이었다.

하지만 모든 신문들은 사쿠르가 사랑에 빠졌다고 떠들어 댔다. 사람들은 한 번 쓱 쳐다보는 것만으로도 사랑에 빠질 수 있다며 꼬투리를 잡는다. 아가씨는 머리를 숙이며 남자들의 시선으로부터 비껴 나야 했다. 하지만 살마는 자신이 원하는 대로 행동하는 여자였다. 그녀는 사람들이 자신을 쳐다봐도 겁내기는커녕, 오히려 쳐다보도록 시선을 충동질까지 했다.

신성한 코란을 가르치는 선생으로 살면서 여태까지 나는 품위를 손상시키는 행동을 자제해 왔다. 우리 가족은 나와 자매들을 존중하되 전통을 지키며 키워 왔다. 모든 어린 여자애들이 그렇듯 열 살 무렵부터는 소년들에게 말거는 것이 금지되어 있었다. 나도 그것을 알았다. 나는 한 번도 그 금기의 벽을 깬 적이 없었다. 나는 약혼자의 얼굴도 결혼식 날에야 봤다. 내게 만약 결정권이 있었다면 나는 그를 택하지 않았을 것이다. 하지만 가족에 대한 존중 때문에 나는 그들의 결정에 따랐다.

한데 살마, 그녀는 처녀 행세를 하고 있었다. 그녀의 가족들이 살마를 보호하기 위해 술책을 쓰고 있는 것이다. 맨 처음 그녀의 부족들은 내 남동생을 사탕수수를 훔친 범인으로 몰았고 나중에는 그녀와 성관계를 맺었다고 하더니, 이제는 동생이 그녀를 직접 강간한 것이 아니라 사쿠르의 형과 사촌들이 저지른 짓이라고 둘러 댔다.

내가 아무리 용기를 잃지 않으려 애를 쓰고 있지만 이따금씩 그 수많은 거짓말 앞에서는 풀이 죽을 수밖에 없었다. 사람들이, 내 이웃들이, 얼굴을 가리는 숄 색깔처럼 이야기를 끊임없이 바꿔 꾸며 내는데, 어떻게 해야 공정한 심판을 얻어 낼 수 있을까?

나는 내가 무슨 일을 겪었고, 또 사쿠르가 무슨 일을 겪었는지를 안다. 사쿠르는 그 집안의 세 남자한테 잡혀가 비역질을 당했노라고 판사에게 진술했다. 사쿠르는 자신이 비역질을 당하던 그 순간에 완강히 저항했지만 그들을 당해 낼 수 없었다고 했다. 부모님께 이르고 경찰에 신고하겠다는 사쿠르의 말에 그들은 그 사실을 발설하는 날에는 죽여 버리겠다고 동생을 협박했다고 했다. 그것도 모자라 그들은 동생을 강제로 자신들의 집으로 끌고 가 방 안에 가둬 놓고 때리고, 또다시 비역질을 했다고 했다. 그들은 사쿠르를 찾아 헤매던 아버지 때문에 동생을 경찰에게 넘겼었다.

우리나라 법에 따르면 여자를 강간했다는 사실을 증명한다는 일은 거의 불가능에 가깝다. 그 사건을 직접 목격한 증인 네 명이 필요하기 때문이다. 동생과 내 경우만 봐도 그렇다. 나와 사쿠르를 강간하고 비역질하는 것을 지켜본 목격자들은 우리를 덮친 바로 그자들이다.

나는 내가 병원에 갔던 날, 왜 사람들이 나를 사쿠르와 함께 그곳으로 데려가는지 이해하지 못했었다. 경찰차 안에 있을 때 내가 맨 처음 떠올린 생각은, 의사들을 만나러 가는 것이 아니라 나만 따로 도지사와 면담시켜 주려고 그러는가 보다란 것이었다. 그런데 내가 안내된 곳은 도지사 집무실 옆 사무실, 도의회 의장실이었다. 어떤 부인이 그곳에서 나를 기다리고 있었다.

"당신이 무크타르 마이입니까?"

"네. 제가 무크타르 마이입니다."

"먼저 당신의 일에 심심한 유감을 표합니다. 당신의 사건은 자세히 보고받았습니다. 그리고 같은 여성의 입장으로 당신이 당한 일에 저 역시 매우 분한 마음입니다."

내 일에 관심을 갖는 사람들한테 늘 그래 왔듯 나는 감사하다는 말로 인사를 했다. 그녀는 미리 준비해 둔 봉투를 내게 내밀었다.

"이게 뭐지요?"

나는 봉투 안을 살펴보았다. 놀랍게도 수표였다. 그녀는 50만 루피[2]짜리 수표를 책임지고 내게 전달하라는 정부의 지시를 받고 방문한 여성 장관이었다.

"왜 이걸 저한테 주시는 거죠?"

나는 도로 수표를 그녀에게 건넸다. 나는 그 사건 이후로 사람을 잘 믿지 못하는 성격으로 변해 버렸다. 정황들이 어쩔 수 없이 나를 그렇게 만들어 갔고, 이번에도 나는 또 다른 함정이 아닐까 두려웠다. 그 생각들로 머릿속이 어지러운 순간에 나는 그녀로부터 위로의 말들을 들었다.

"당신의 일은 정부에서도 관심을 갖고 있으니 분명 잘될 겁니다. 너무 걱정하지 마시고 결과를 기다려 보세요. 그리고 이 돈은 어려운 데 쓰시라고 가져왔습니다. 부담 안 가지셔도 됩니다. 다만 어떤 어려운 일이 있어도 상심하지 말고 꿋꿋이 지내시라는 부탁만 드립니다."

나는 그녀가 내민 손을 쳐다보며, 액수도 확인하지 않은 채 다시 수표를 받아 들었다. 나는 이 돈이 너무나 큰돈임을 안다. 50만 루피라니! 나는 이렇게 큰 액수를 지금껏 한 번도 만져 본

---

2) 미화 8,000달러에 해당하는 액수

적이 없었다. 아니, 나한테 이런 돈이 들어오리라는 사실 또한 상상조차 해 본 일이 없다. 이 돈이면 많은 것을 살 수 있었다. 자동차, 트랙터, 그 밖의 무엇이라도 살 수 있는 돈이었다. 우리 가족 중에, 그 누가 한 번이라도 50만 루피를 가져 본 자가 있던가? 혹은 수표를 받아 본 자가 있던가?

하지만 나는 조금도 머뭇거리지 않고 본능적으로 수표를 꼬깃꼬깃 구겨서 땅바닥에 던졌다. 그 여성 장관에 대한 경멸이 아니라 수표에 대한 경멸이었다.

"전 이 따위 수표는 필요 없습니다!"

결코 알 수 없는 일이었다. 어쩌면 이 여자가 이 큰 액수의 돈을 내게 내미는 것은 누군가의 사주를 받고 사건을 무마시키려는 것일 수도 있었다. 그러지 않고서야 어떻게 이런 큰돈을 선뜻 내놓을 수 있단 말인가. 하지만 그녀는 세 번에 걸쳐 나한테 그 돈을 받아 달라고 간곡히 부탁했다. 그녀는 옷을 잘 차려입었고 훌륭한 여성처럼 보였다. 나는 그녀의 눈을 바라보았다. 하지만 그녀의 표정 어느 구석에서도 거짓을 보지 못했다. 그래서 나는 말했다.

"저는 수표는 필요 없습니다. 제가 필요로 하는 것은 학교입니다!"

내 말에 그녀가 웃으며 되물었다.

"학교요?"

그녀의 웃음에 나는 약간 마음이 상했다. 어쩌면 자존심이 상했는지도 몰랐다. 일자무식인 내가 학교를 짓겠다는 말이 그녀에게는 의외의 소리처럼 들렸을 것이다. 나는 내 자존심을 회복하기 위해 또박또박, 큰 소리로 말했다.

"네. 우리 마을 여자 아이들을 위한 학교입니다. 우리에겐 여학교가 없습니다. 제게 기어이 보상을 하시겠다는 당신의 말씀이 진실이라면 우리 마을에 학교를 지어 주십시오. 제게 필요한 것은 수표가 아니라 학교입니다. 이게 제가 드리고 싶은 말입니다."

"좋습니다. 우리가 학교를 지을 수 있도록 당신을 돕겠습니다. 그건 그렇고, 우선 먼저 얼마 되진 않지만 이 돈만이라도 받아 주셨으면 합니다. 아버지와 나눠 쓰세요. 그리고 당신한테 약속하는데 학교는 이것과 별도로 지어 드리겠습니다. 그동안 당신은 변호사를 선임해야 하는데 그 비용이 굉장히 비쌉니다."

그건 나도 알았다. 여성 보호 단체를 이끄는 한 파키스탄 남자가 내게 말해 준 바에 의하면 훌륭한 변호사를 선임하기 위해서는 20만 루피가 든다고 했다. 게다가 재판을 질질 끌 수도 있어 변호사가 웃돈을 요구할 수도 있다고 했다. 그래서 힘없고, 돈 없는 마을 사람들은 지르가한테 일을 맡기는 것이었다. 부족 회의는 쌍방의 말을 듣고, 케이스에 따라 해결책을 제안하고, 사건은 하루 만에 종결된다. 보통 그 누구도 지르가 앞에서는 거짓 진술을 하지 못했다. 왜냐하면 마을 사람들끼리 서로 잘 알고 지내기 때문이다. 그리고 부족 회의 의장은 그 누구도 영원히 원수지간이 되지 않도록 지혜롭게 평결을 내려 주기 때문에 지르가를 선택하는 큰 이유 중의 하나였다.

그런데 불행히도 내가 기대를 걸었던 지르가 회의는 그렇게 하지 못했다. 지혜롭게 두 집안이 화해하도록 평결을 내려 주기는커녕 오히려 내게 불행을 가져다주었을 뿐이다. 그날 몰라의 의견을 내치고 평결을 내린 자의 이름은 페즈다. 그는 마을의 화해를 도모하는 대신 마을을 분열시켰다.

나는 결국 수표를 받았다. 그러자 그녀는 아주 친절하게 내게 몇 가지를 물어봤다. 나는 용기를 내어 그녀의 질문에 대답했다. 왜냐하면 그녀는 진지하고 정직해 보이는 여성 장관이었고, 내 삶이 위험에 처해 있었기 때문이었다. 행여 그녀가 위험으로부터 나와 우리 가족을 구해 줄지도 모를 일이었다.

나를 덮친 사람들을 어떻게 했는지 사람들이 내게 이야기해 주지 않았지만, 나는 그들이 며칠간 경찰서에 구금되어 있다가 풀려 났다는 것을 들어 알고 있었다. 그들 가족 모두는 우리 집

바로 근처에 있는 그들 집으로 돌아와 우리를 파괴할 날만을 기다리고 있었기 때문이었다. 그들은 이웃사촌들이었다. 우리 집 맞은편에 사는 사람들이다. 그들과 우리 사이에는 단지 밭이 하나 있을 뿐이었고, 나는 감히 길에 나설 엄두를 내지 못했다. 나는 그들이 숨어서 나를 노리고 있다는 사실을 피부로 느낄 수 있었다.

그 여성 장관이 우리 안전에 대해 약속한 것은 아무것도 없었다. 하지만 나는 그녀가 상황을 간파하고 있다는 것을 알았다. 때문에 모든 일이 빨리 진행됐다. 지금 당장 내가 이해하기 벅찰 정도로 일이 빠르게 진행됐다. 신문들이 내 사건에 대해 얼마나 떠들어 댔는지 나흘 만에 온 나라 사람들이 다 알게 되었다. 이슬라마바드에 있는 정부 청사까지 사실이 알려졌다.

그 여성 장관은 파키스탄의 여성부 국무 장관이었다. 내게 그 수표를 전달하기 위해 찾아왔다가 나를 도와 마을에 학교를 지어 주겠다는 약속까지 하게 된 그 부인, 아티야는 대통령이 직접 보낸 사람이었다. 내 사진이 사방에 나붙고, 내 이야기가 모든 신문에 실리면서, 해외 언론들도 때를 같이해 보도에 나섰다. 급기야는, 국제사면위원회에서도 내 사건을 알게 됐다.

마침내 2002년 7월 4일, 인권 협회 소속 단체가 공정한 재판을 외치며 가두시위를 벌이기에 이르렀다. 사법부도 지역 관할 경찰이 내 신고를 너무 늦게 접수시켰으며, 백지 보고서를 작성한 뒤 지장을 찍게 한 것을 비난하고 나섰다. 내가 경찰에 출두한 날짜는 6월 28일이었다. 그런데 경찰은 사건을 서둘러 마무리 지으려고 보고서의 날짜를 30일로 조작했다. 내가 만났던 법관은 기자들에게, 내가 고소를 결심하기 전까지는 경찰이 사건을 몰랐다는 것이 말도 안 되는 소리라고 경찰들을 비난했다. 또 그는 지르가의 평결은 치욕스러운 행위였다고 한탄했다. 법무부 장관도 영국 텔레비전에 나와 마스토이 부족들이 주도한 지르가의 평결은 테러 행위와 진배없는 행위임을 천명했다. 그는 지르가는 비합법적인 부족 회의이며, 범인들을 반테러 법정에 세우겠다고 천명했다. 지르가의 평결은 법을 남용한 것이라 했다.

파키스탄 정부는 무크타르 마이의 사례가 국가적인 사건으로 번졌다고 여기고 있었다. 사건에 연루된 부족의 남자 여덟 명은 7월 2일자로 이미 체포 구금된 상태였고, 사건을 조작한 경찰은 출두 명령을 받고 해명에 시달려야 했다. 경찰은 도주한 범인 네 명의 뒤를 쫓았다. 하지만 그들은 이미 법망을 벗어나 있었다. 경찰은 경찰 일개 분대를 현장으로 출동시켜 나와 우리 가족의 안전을 책임졌다. 드디어 그 부족의 남자, 열네 명이 경찰에 의해 체포됐다. 법정이 용의자들의 운명을 결정짓는 데는 72시간이 걸렸다.

아주 신기한 일이었다. 모든 사람들이 내 얼굴을 알아봤고 우리 가족의 비극에 대해 이러쿵저러쿵 떠들어 댔다. 내가 그 모든 것을 실감한다는 것은 벅찬 일이었다. 왜냐하면 그 모든 것이 너무 급작스럽게 진행되었기 때문이었다.

나는 수표를 가지고 집으로 돌아왔다. 여성 장관은 내게 아버지가 자토이 시에 있는 은행으로 가시면 된다고 했다. 그곳 은행장에게 연락을 취해 놓았으니, 아버지와 내 이름으로 계좌를 개설해 줄 것이라 했다. 나는 한 번도 은행에 내 이름으로 계좌를 가져 본 적이 없었다. 아버지도 마찬가지였다. 우리는 안전한 곳에 돈을 보관하기 위해 서둘러 그곳으로 갔다. 그들이 요구한 것은 단지 두 명의 사인이었고, 이어 그들은 아버지에게 수표책을 건넸다.

그날 밤, 집으로 귀가하던 우리는 집 주변에서 무장한 열다섯 명의 경찰들을 봤다. 그리고 적어도 오십 여명의 사람들을 대동하고 우리 집을 찾아온 도지사는 우리를 격려하며, 내게 범인들이 처벌받게 될 것이라 했다. 그는 또한 나를 자기 딸처럼 여기고 있고, 내가 잘 버텨 내길 바라며, 사람들이 나를 보호해 줄 것이라는 말도 잊지 않았다. 30분 만에 그는 모든 수행원들을 데리고 떠났다.

우리를 보호하라는 임무를 부여받은 가엾은 경찰들은 나무 밑에서 잠을 잘 수밖에 없었다. 우리는 그들에게 음료와 식사를 제공해야만 했다. 그들의 수가 워낙 많았기 때문에 아버지와 내가 찾은 25만 루피는 오래가지 못했다. 더욱이 경찰 소대 병력이 집 앞 초소에서 1년이나 근무했다. 그 기간 동안 정부는 그들의 봉급만 책임졌다. 하지만 나는 우리의 안전을 지켜 주는 그들이 그저 고마울 따름이었다.

비극적인 사건이 터진 와중에도 항상 뭔가 웃을 수 있는 일은 생긴다. 수표를 받은 바로 그날, 오랫동안 보지 못했던 외삼촌이 대식구들을 거느리고 나타났다. 어쨌거나 7년 전 내가 이혼한 이후로 첫 상면이었다. 그에겐 이미 결혼해서 자녀들을 둔, 나와 동갑내기 아들이 한 명 있었다. 그가 청혼을 하러 온 적은 한 번도 없었다. 내가 도지사와 얘기를 나누고 수표를 지니고 있는 것을 본 외삼촌은 부러진 나뭇가지도 버리지 말고, 가족이 챙겨야 한다는 속담을 들먹이며 은근슬쩍 청혼해 왔다.
"만약 저 애만 좋다면 난 우리 아들의 두 번째 아내로 수락하겠네!"
나는 외삼촌의 말에 다른 말은 하지 않고 그저 감사하다고만 했다. 그것은 거절을 의미했다. 아들을 위해 외삼촌이 바라는 것이 무엇일까? 정부에서 준 수표일까, 아니면 나일까? 하지만 나는 내가 원하는 것을 분명히 알았다.

내가 원하는 것은 딱 한 가지였다. 그것은 바로 학교였다.

침묵을 깨다

파키스탄 법은 직접 강간을 저지른 남자든, 강간을 목격한 남자든 간에, 강간 범죄에 연루된 남자들이면 모두 구속 수감을 허용했다. 그들은 이슬람법에 따라 재판을 받았다. 그렇다 하더라도 반테러 법정이 그런 류의 사건을 처리하는 것은 무척 생소한 일이었다. 정부는 다섯 마을을 규합해서 특별 법정을 만들었다. 나한테는 유리한 결정이었다. 내가 강간을 목격한 네 명의 증인을 세우지 않아도 됐기 때문이다. 증거는 이미 심문으로 확보된 상태였다. 그리고 마을 남자들 일부가 내가 외양간에 들어갔다 나오는 것을 봤고, 길바닥으로 내동댕이쳐질 때 모든 사람들이 목격했기 때문이다.

이로써 내 안전은 확보됐다. 달리 생각하면 나는 확보된 안전 때문에 감금된 신세나 다름이 없었다. 왜냐하면 내 움직임은, 아주 사소한 움직임까지도 경찰의 통제하에 이루어졌기 때문이다.

법정은 서류 일체를 제출하라고 명했다. 격분한 사람들과 미디어들, 그리고 정당한 여성들의 권리는 존재하지 않는 반면에 전통적인 부족 시스템만이 가동되고 있는 민주주의 나라라고 꼬투리 잡기에 혈안이 된 국제 언론을 진정시켜야 했기 때문에 합법적 재판을 빨리 서둘러야 했다. 여성 인권 단체들과 파키스탄에서 일하는 NGO들, 인권 단체 그룹들은 신문의 도움을 받아 대중들에게 거의 알려지지 않은 일상적인 사건들을 공론화시키는 데 내 사례를 본보기로 활용했다. 온 나라가 나와 함께하는 셈이었다.

'남편으로부터 폭력 피해를 당한 뒤 스스로 나서서 이혼 신청을 했던 한 가정의 어머니가 라오르 지방에 있는 한 변호사 사무실에서 살해되는 사건이 발생했다. 변호사도 협박을 받았으며 살인범은 여전히 활보하고 있다.'

'수쿠르 지방 근처에 있는 마을에서는 형제 세 명이 그들의 제

수가 바람을 피웠다는 구실로 제수를 산 채로 불구덩이에 던져 화
형을 감행했고, 그녀는 아버지에 의해 가까스로 구출되긴 했지만
끝내 병원에서 숨을 거뒀다.'

이 밖에도 리스트는 한참 길었다. 이혼 사건, 불륜이 의심되
는 사건, 혹은 남자끼리 난투극이 벌어지면 여자가 대신해서
혹독한 대가를 치렀다는 이야기들이었다. 사람들은 실추시킨
명예를 보상하는 차원에서 여자를 건넸고, 여자는 보복 차원에
서 남편의 적으로부터 겁탈을 당해야 했다. 어떤 문제로 두 남
자 사이에 시비가 붙으면, 그들 중 한 명이 상대방 부인에게 앙
갚음을 하는 것이다. 마을 남자들이 '눈은 눈으로' 라는 격언을
들먹거리며 앙갚음을 자행하는 일이 허다했다. 그때마다 그들
은 명예를 들먹거렸고, 온갖 만행을 저질렀다. 아내의 코를 베
거나, 누이를 불태워 죽이거나, 이웃 남자의 여자를 강간했다.
비록 그들이 누구를 살해하기 전에 경찰이 그들을 체포했다
하더라도, 그들의 복수 본능은 거기서 수그러들지 않았다. 집
안에는 언제나 그들을 대신해서 명예를 회복하겠다고 나서는
남자들, 즉 사촌이나 형제들이 있었기 때문이다. 예를 들어, 페
즈의 형제들 중에도 다른 형제들보다 더 흥분해서 날뛰며 나를
용서해 주겠다는 말도 꺼내지 못하게 하는 인간이 존재한다는

사실을 나는 모르지 않는다. 그리고 아무도 그의 복수심을 막을 수는 없다. 아니, 오히려 그 반대였다. 폭력이 극에 달하면 달할수록, 그들은 그 폭력에 가담해야 한다는 생각을 갖는다. 그럴수록 그들은 동질성을 갖는다고 생각한다.

거듭 다짐하거니와 나는 그들을 용서하지 않을 테다. 그럴 생각이 추호도 없다. 나는 내게 질문 공세를 퍼붓는 외국인들에게 펀자브 사회가 어떻게 돌아가고 있는지 자세히 설명해 줄 참이다. 불행하게도 이 지방은 명예 범죄가 만연된 지역이라 사람들은 그런 범죄에 대해 무심하게 반응했다. 으레 그러는 줄 알고, 다반사로 일어나는 명예 범죄에 대해 그것이 최선이려니 하는 심정으로 살았다. 그것이 얼마나 야만적이며, 반인류적인지 그들은 깨닫지 못했다. 그랬다. 나 역시 이 지방에서 태어나, 이 지방의 법에 순응하며 자랐다. 그리고 모든 여성들이 그러하듯 내가 내 가족 남자들의 소유물, 그들 맘대로 처분할 수 있는 물건이라는 생각을 하며 그 법에 철저히 순응하며 지냈다.

특별 법정은 인더스 서북쪽에 위치한 행정 도시, 데라 가지 칸(Dera Ghazi Khan) 시에서 열렸다. 마을에서 차로 3시간 이상 걸리는 곳이었다. 마침내 반테러 법정이 나를 겁탈한 사람들을 단죄하게 된 것이다.

경찰은 그들의 집에서 무기들을 찾아냈다. 물론 그들이 지니고 있던 모든 무기를 찾아내지는 못했다. 왜냐하면 그들이 체포되기 전까지 도주 행각을 벌이며, 그들이 이번 재판에서 자신들에게 불리하게 작용될 수 있는 무기를 은닉했기 때문이었다.

나는 단지 무기를 소지했었다는 이유만으로 반테러 법정이 이 사건을 다루는 게 정당한 일인지 자문해 봤다. 왜냐하면 지방의 많은 남자들이 무기를 소지하고 있었기 때문이다. 만약 무기를 소지했다는 이유만으로 그들을 법정에 세운다면 지방의 모든 사람들 또한 테러 행위라는 죄목을 씌워 이 법정에 세워야 할 것이다. 그러나 이 법정이 내게 득이 되는 단 한 가지는 신속한 판결에 있었다. 전통적인 법정에서 이 사건을 다룬다면 수개월, 혹은 수년이 걸릴 수도 있었다.

법정에 출두하기 위해 데라 가지 칸 시와, 집이 있는 미르왈라 마을을 매일같이 오가는 일은 내겐 벅찬 일이었다. 그래서 나는 현지에 숙소를 잡아 달라고 요청했고, 사람들이 시 주변에 내 쉼터를 마련해 줬다. 수없이 많은 먼지들, 길거리 소음들, 마차들, 릭샤들, 트럭들, 굉음을 내는 오토바이들로 도시가 낯설었다. 그래도 나는 여기서 3주를 보내게 될 터였다.

사건 한 달 뒤인 7월의 어느 금요일, 드디어 첫 공판이 열렸다. 예외적인 신속함이었다. 피고인들이 수갑에 채워진 채 법정 안으로 들어왔다. 람장을 포함한 열네 명의 남자들이었다. 아홉 명은 총으로 아버지를 협박한 죄 때문에, 페즈와 다른 네 명은 강간죄 때문이었다. 지금까지는 그 어떤 남자도, 설령 그가 범죄자라 해도, 복수나 혹은 명예 범죄 때문에 처벌받은 사람은 없었다.

그들은 믿기지 않는 듯했다. 하지만 그들은 법정을 자유롭게 빠져나가게 될 것이라 확신하고 있었다. 페즈와 다른 사내들은 서로 입을 다물고 있었다. 그들 대신 그들의 변호사가 말을 했다. 나는 그들이 평소 때보다 덜 거만하다는 생각을 했다. 나는 그들과 맞서는 것이 두렵지 않았다. 어제의 늑대가 오늘은 순한 어린양이 되었지만 그건 단지 겉모습일 뿐이었다. 나는 내가 무슨 일을 겪었는지를 안다. 그들은 더 이상 의기양양해서 떠들어 대지는 않는다. 그 몹쓸 짓이 가족의 명예를 지키기 위한 처사였다고 항변하지도 않는다.

나는 법정에 출두하기 전 해 뜨는 시각에 맞춰 기도를 드렸다. 나는 신의 심판을 믿었다. 나는 어쩌면 인간들의 심판보다도 신의 심판을 더 신뢰하고 있는지 모른다. 왜냐면 신은 그 하늘에 난 창문을 통해 모든 것을 지켜보셨을 것이므로. 나는 숙

명론자였다.

마스토이 부족의 열네 남자와 맞서는 지체 낮은 한 명의 여자. 여태까지 이와 같은 사건을 경험한 사람은 아무도 없었다. 그들은 아홉 명이나 되는 변호사들을 고용했다. 거기에 반해 나는 세 명의 변호사를 얻었다. 게다가 세 명 가운데 한 명은 새파란 젊은이였고, 또 한 명은 여자였다. 반대편 변호인단의 대표는 언술이 뛰어나 공판장을 휘어잡았다. 그는 끊임없이 나를 거짓말쟁이 취급하며, 내가 그 모든 것을 꾸며 냈다고 몰아붙였다.

그들이 지적한 대로 나는 이혼녀였다. 그것만으로도 나는 그들 눈에 존경하거나 존중할 만한 가치가 없는 형편없는 여자로 비쳐졌다. 바로 그 이유 때문에 그들에게 용서를 구할 적합한 사람으로 나, 무크타르 마이가 지목되지 않았을까 하는 생각이 들긴 했다. 그렇다고 내가 되는 대로 살아온 사람은 아니었다. 나는 이혼했다는 사실 하나 때문에 더욱 돋가짐을 조심하며 살아왔었다.

그들은 법정에서 살마는 사쿠르에게 주고, 무크타르는 그들 부족의 한 남자에게 주자는 제안을 했었다고 항변했다. 늘 부족 회의에서 내리는 현명한 결정대로 자신들은 여자들의 맞교환을 제안했었다고 강력하게 주장했다. 그들 말에 따르면, 자신들의 제안을 거절한 사람들은 아버지와 삼촌, 그리고 중재자, 람장이라는 것이었다. 그들은 얼굴 한 번 붉히는 일 없이 자신들의 제안과 상반되는 주장을 했다. 그들은 거짓말을 하면서 참으로 당당하게 굴었다. 그러면서 그들은 자신들에게 나를 보내 나를 겁탈하도록 조장하고, 두 집안이 담쌓고 지내도록 농간을 부린 자는 원고 람장이라고 했다. 물론 아버지는 그 제안을 거절했다고 했다.

나는 그 람장이란 인간이 점점 더 의심스러워졌다. 그가 이 사건을 위해 한 역할이 무엇인지 뚜렷하지 않았다. 어쨌든 간에, 그들은 나를 처음부터 끝까지 거짓말하는 사람으로 여겼다. 그 같은 억지가 오고 가고, 그들이 나를 거짓말쟁이 취급을 했어도, 다행히도 나를 손가락질하거나 모욕을 주는 사람은 없었다. 아무도 우리 아버지, 굴암 파리드 자트의 장녀인 나를 지나—빌—바바르[3]를 당한 여자라고 수군대지 않았다.

피고인 측 변호인단은 내가 당한 수모를 증명하라며 끈질기게 걸고 넘어졌다. 이슬람법에 의하면 나는 그것을 증명해야만 했다. 그 증거를 확보할 수 있는 방법은 딱 두 가지가 있었다. 절대 그런 일은 일어나지 않겠지만 말이다. 범인 중 한 명이나

---

3) 동의하지 않은 성관계(이슬람 종교에서 말하는 후두드hudood법)

혹은 범인들이 관할 법정에 출두해서 속 시원히 자백해 주거나, 종교적인 계율을 잘 준수하기로 소문나고, 존중할 만한 사람들이라고 법정에서 인정하는 이슬람교도 성인 네 명이 증인을 서 주겠다고 나서 주는 것이었다.

어쨌든 간에 내가 특별 법정에 출두한 것은 운명이 나를 심판의 길로 인도했기 때문일 것이다. 만약 판결만 공정하게 내려진다면, 그것이 내 복수가 될 터였다. 그리고 나는 더 이상 포승줄에 묶인 채 시선을 마주치지 않으려 하는 그들을 두려워하지 않아도 됐다.

나는 침착하게 증언했다. 다만 너무한다 싶을 정도의 세세한 언급은 피했다. 내가 예비 판사에게 진술한 내용은 이미 재판 서류들과 같이 있었다.

"저는 그들에게 용서를 빌러 갔었습니다. 한 남자가 여자를 용서해 줘야 한다고 외치는 소리가 들렸습니다. 그런데 곧바로 다른 남자가 다가서더니 겁탈 명령을 내렸습니다. 절 구하기 위해 움직인 사람은 아무도 없었습니다. 저를 겁탈한 남자들은 모두 넷이었습니다. 그들은 차례대로 절 겁탈한 후 수치스럽기 짝이 없는 옷차림으로 저를 밖으로 내쳤습니다. 아버지가 빤히 지켜보고 있는데 그랬습니다."

나는 진술을 끝냈다. 나는 떨지 않았지만, 내심 수치스러움으로 배와 가슴이 뒤틀렸다.

문을 걸어 잠근 채 심리가 진행됐다. 기자들은 뜰에서 기다
렸고, 피고인들과 증인들, 그리고 변호사들만 배석했다. 이따
금 변호사들 간에 언쟁이 격렬해지는가 싶으면 판사가 끼어들
어 말을 막았다.

마지막 심리 때, 재판관은 그 이튿날 내려질 판결을 준비하
고 있었다. 하지만 재판관이 내게 백지 진술서를 내밀며 지장
을 찍게 했던 장본인인 부서장과 경찰서장, 그리고 그의 부하들
을 심문하던 순간에는 나는 그곳에 없었다. 그들은 내 진술이
그 당시의 진술과 다르다고 항변했었기 때문에 나에게는 중요
한 문제였다.

"제가 여러분을 소환한 것은 무크타르가 진술할 때 현장에
있었기 때문입니다. 그리고 당신들 모두는 여기 이 종이에 씌
어 있는 것에 책임을 져야 합니다. 무크타르는 당시 여러분들
이 내민 백지 진술서에 서명했다고 했습니다. 이 문제에 대해
정확한 답변을 요구합니다."

재판관이 말하자 서장이 항변했다.

"재판관님, 그것은 다른 사람들이 꾸며 낸 짓입니다. 종전에
무크타르가 사무실로 저를 찾아왔을 때, 분명 그렇게 진술했었
습니다. 그래서 제가 경관에게 물어봤더니, 경관은 별것 아니

라 대답했습니다. 그때 작성한 진술서가 서류 속에 있을 테니 확인해 보겠다고 했었습니다. 하지만 그 경관은 제게 그 서류를 가져다주지는 않았습니다."

판사가 발끈하며 쏘아붙였다.

"그래서 제가 당신을 감방에 처 넣고 싶은 겁니다!"

그러나 말과는 달리 판사는 그가 떠나도록 놓아두었으며, 덧붙여 평결이 지체될 수 있다고 알렸다.

드디어 판결이 내려졌다. 2002년 8월 31일 한밤중에 열린 특별 심리 끝에 법정은 판결을 선고했다. 여섯 명에게 사형선고와 함께 5만 루피의 피해 보상금을 지불하라는 내용이었다. 그들 중 네 명은 무크타르 마이를 겁탈했다는 죄목으로, 다른 두 명은 지르가 회의 중에 겁탈을 명령한 게 이유였다. 부족의 두목, 페즈와 람장이란 이름을 지닌 사내는 지르가의 배심원 자격을 지닌 인물들이었다. 람장은 우리 가족을 위해 중재자 역할을 했다고 주장했으나, 실상은 위선자이자 배반자였다. 우리 아버지가 그를 그렇게 믿었건만, 그는 마스토이들이 얻고자 하는 것을 다 얻을 수 있도록 가운데서 온갖 농간을 다 부린 것이다. 하지만 다른 여덟 명의 피고자들은 풀려났다.

나는 밖에서 대기하고 있던 기자들에게 흡족할 만한 판결이었다고 간략한 소감을 피력했다.

"단지 여섯 명에게만 죄를 물은 것은 아쉬운 일이지만 그래도 저는 오늘의 판결에 만족합니다."

하지만 내 변호인단과 국가 대리인은 마스토이 부족 여덟 명을 무죄 방면한 데 대해 불복하고 항고했다. 사형 언도를 받은 그들 쪽 여섯 명 역시 항고를 했다. 내가 승리하긴 했지만 아직 끝난 것이 아니었다. 반면 인권 운동가들은 환호했다. 메이는 그들의 모델이었다.

나는 우리 마을에 얼굴을 치켜들고 돌아갈 수 있게 되었다. 눈에 띄지도 않을 만큼 소박한 숄로 머리를 감싼 채 말이다.

하지만 큰 문제가 하나 남아 있었다. 바로 학교 문제였다. 나는 그 일만큼은 꼭 해내고 싶었다. 이 일을 겪는 동안 문맹이라는 사실에 내가 얼마나 힘이 들었는지. 학교를 설립하는 문제는 쉬운 일이 아니었다.

가끔씩 나는 맥이 풀려 버렸다. 살이 빠지고, 내 얼굴은 피곤에 지쳐 초췌해졌다. 어느 날 갑작스럽게 안온하기만 했던 내 삶을 덮친 이 비극과 마찬가지로, 언론들이 보내는 느닷없는 우레와 같은 찬사가 나를 우울하게 만들었다. 말하는 것과 엄연히 존재하는 법체계와 남자들과 맞대응하는 데 나는 지쳐 있었다. 사람들은 나를 영웅 대접했지만 나는 피곤했다. 나는 쾌

활하고 잘 웃는 사람이었지만 지금은 더 이상 그렇지 않았다. 자매들과 말장난하기를 좋아 했었고, 내가 하는 자수 일을 좋아 했었으며, 아이들을 가르치는 것을 좋아 했었던 나는 더 이상 밝게 웃을 수가 없었다. 나는 기진맥진해 있었다. 우리 집 문 앞에 진을 치고 있는 경찰들의 바리케이드 때문에 나는 일종의 내 사건의 포로로 전락한 셈이었다. 비록 날 능멸한 사람들을 상대로 승리를 거두긴 했지만 말이다.

변호사들과 인권 운동가들은 항고가 1년 혹은 2년, 또는 그보다 더 오래 걸릴 테니, 그동안은 안전할 것이라며 나를 안심시켰다. 풀려난 사람들이라 하더라도 언감생심 내게 눈썹 하나 까닥하지 못할 것이라고 했다. 그건 사실일 터였다. 내 용기가 우리나라 여성의 처지에 불을 지피는 역할을 했으니, 다른 여성들이 내 뒤를 따를 것이라며 사람들은 법석댔다.

과연 얼마나 많은 여성들이 그럴 수 있을까? 얼마나 많은 여성들이 우리 가족이 그랬던 것처럼 가족들로부터 지지를 받을 수 있을까? 얼마나 많은 여성들이 자신들의 사건을 기사화해 줄 기자와 만나게 되는 행운을 잡을 수 있으며, 인권 협회들이 국가를 몰아세워 국가가 직접 나설 수밖에 없는 형국으로 몰고 가는 행운을 잡을 수 있단 말인가?

인더스 계곡 마을에는 문맹 여성들이 수없이 많다. 수많은 여성들이 그녀들의 남편과 가족으로부터 대항도 못해 본 채 버림받고, 명예도 잃고, 수입도 없이 방치되어 버린다. 그런 일은 너무나도 비일비재하다.

간절한 내 야망은 마을에 여학교를 설립하는 것이다. 그 생각은 내 머릿속에서 신의 명령처럼 떠올랐다. 나는 소녀들을 교육시키고, 그녀들에게 배우겠다는 용기를 심어 줄 방법을 강구하느라 노심초사했다. 마을에 사는 어머니들은 자녀들을 위해 하는 게 아무것도 없었다. 그녀들이 할 수 있는 게 아무것도 없기 때문이다.

아버지들은 여자 아이를 공부시킬 생각을 하지 않았다. 그게 원칙이었다. 오지에 위치한 우리 지방에서 딸들이 어머니에게 배우는 것은 과연 무엇일까? 그녀들에게서 배울 수 있는 것이라고는 그저 차파티를 만들거나, 밥 짓기, 혹은 달(dal, 렌즈 콩 lentil과 향료를 사용한 인도 요리의 하나—역주) 요리 만들기, 빨래를 하고, 야자나무에 널고, 허브, 밀, 사탕수수 등을 베고, 차를 준비하거나 동생들을 재우고, 수돗가로 물 길어 가는 것들을 배울 수 있을 뿐이다. 우리 이전에 어머니도 그랬고, 어머니의 어머니도 그랬으며, 어머니의 어머니의 어머니도 그랬었다. 그러다가 결혼을 하고, 아이를 낳고, 이러한 일상들은 또 그렇게 여자에게서 여자로 대물림된다.

하지만 도시나 혹은 다른 촌 지방에서는 우리와 사정이 달랐다. 그들 가운데 일부는 공부를 해서 변호사나 교수, 혹은 의사나 기자들이 됐다. 나는 그런 여자들을 만나 봤다. 그녀들이 그 직업에 어울리지 않는다는 생각은 들지 않았다. 그녀들은 부모와 남편을 존중하면서도 할 말은 하고 사는 듯했다. 왜냐하면 그녀들은 아는 게 있기 때문이었다. 내 생각은 단순했다. 소녀들에게 배움의 기회를 줘야 했다. 어머니들이 그녀 자신들이 받았던 교육을 자식들에게 대물림시키기 전에, 가급적이면 서둘러 교육을 시켜야 했다. 그래야만 소녀들도 자신들의 이야기를 하고 살 수 있었다. 남자들의 부속물로서가 아니라 당당히 한 인격체로 존중받으면서 세상을 살아갈 수 있는 것이다.

얼마 전 내가 경찰서장에게 진술을 하려 할 때, 말을 잘 못한다는 이유로 자신이 대신 설명하겠다고 나서던 경찰관을 나는 결코 잊지 않으리라. 물론 나는 내 말을 끊고 끼어드는 그 경찰관한테 대들었다. 내가 성질이 고약해서 그랬을까? 아니면 내가 모욕을 당해서 그랬을까? 내가 갑자기 말문이 터져서 그랬을까? 세 가지 이유 모두 때문이었다. 아무튼 그런 이유들 때문에 나는 소녀들에게 읽기를 가르칠 것이고, 나 또한 배울 것이다. 결코 다시는 내가 백지 위에다 엄지손가락으로 지장을 찍는 일 따위는 없으리라.

나는 잠깐이지만 제대로 된 치료를 받지 못해 암으로 사망한 어린 여동생을 기리기 위해 병원을 세울까 하는 마음을 먹었던 적이 있다. 하지만 의사와 간호사를 채용하고, 여기저기서 약을 그러모아 무료로 보급한다는 것이 학교를 세우는 일보다 훨씬 비용도 많이 들고, 더 어려운 일인 듯싶었다.

이 사건이 터지기 전까지 나는 학교 생각을 해 본 적이 없었다. 그런 내가 정부 대표와 접견했을 때, 본능적으로 학교란 말을 내뱉었다. 왜냐하면 내가 그 비극 속에서 손발이 묶인 채로, 무기력하게 사건에 대항할 수밖에 없다는 느낌을 받았기 때문이었다. 만약 내가 경찰관이 뭐라 작성했는지 읽을 수만 있었더라면 사건은 달리 전개됐을 수도 있었다. 그가 다른 방식으로 나를 기만하려 들었겠지만 지금 정도는 아니었을 것이다.

일부 지방의 지역 경찰들과 고급 공무원들은 대지주들에게 휘둘리는 부족 시스템의 포로들이다. 결국 대지주들이 명령을 하달했다. 나는 내 자신을 가족과 미디어들, 현명한 판사, 그리고 정부가 개입해 준 덕분에 그 시스템으로부터 살아남은 생존자라 여긴다. 내가 가진 유일한 용기는 말하는 것이다. 그런데 사람들은 내게 침묵을 가르쳤다.

이곳의 여자는 밟고 설 땅이 없다. 부모와 함께 사는 여자는 부모가 원하는 모든 일에 참여해야 했다. 결혼해서 남편 집으로 간 여자는 남편이 하명하는 모든 일을 수행해야 한다. 그리고 아이들이 성장하게 되면 아들들의 말을 들어야 했다. 여자는 똑같은 방식으로 아들들에게 속하게 되는 것이다. 그런 굴종으로부터 해방된 것이 내 명예다. 남편으로부터 해방된 데다 자식도 없으니, 다른 집 자식들을 돌보기 위해 명예의 가치를 치켜세우는 것이 내가 할 일인 셈이다.

더구나 내가 얻은 이 엄청난 행운을 나 혼자만의 명예를 위해 치부한다는 일은 옳지 않았다. 적어도 나는 예전에 죽은 목숨이었다. 내가 자살하기로 마음먹은 순간에. 하지만 나는 뜻하지 않게 기자들을 만났고, 인권 단체 사람들로부터 도움을 받았으며, 정부로부터 신속하고도 공정한 판결을 얻어 냈다. 어찌 나 혼자만의 노력으로 되었겠는가. 그러니 이제 내가 무언가 그들을 위해 공헌해야 했다.

드디어 내 첫 학교는 2002년, 문을 열었다. 고맙게도 약속을 저버리지 않고 정부가 충분한 지원을 해 줬기에 가능한 일이었다. 도로를 확장해 주고, 전기를 끌어다 주고, 도랑들을 건설해 줬다. 그리고 나는 전화선을 가설했다. 나는 50만 루피 중, 수중에 남아 있던 돈으로 집 근처 두 곳에 땅을 구입했다. 넓이가 각각 1헥타르 반씩 되는 면적이었다. 새로 개교한 여학교가 제대로 돌아갈 수 있도록 하기 위해서는 나는 내 보석까지 처분해야만 했다. 그런 노력에도 불구하고 초기에는 아이들이 나무 아래 땅바닥에 앉아서 수업을 받을 수밖에 없었다.

적절한 건물을 지을 때까지 당분간 나무 아래서 생활해야 했다. 말하자면 '나무 아래 학교'인 셈이다. 하지만 어린 학생들의 표정은 즐거움으로 가득 차 있었고, 그들은 나를 무크타이 마이, 즉, '존경스러운 왕 언니'라 불렀다. 나는 매일 아침마다 그들이 공책과 연필을 챙겨 들고 등교하는 것을 보았다. 여교사가 매일매일 출석 체크를 했다. 아직은 불완전한 성공에 불과했지만 아이들의 표정이 나를 몹시 행복하게 만들었다. 어느 누가 농부 계급 출신인 무크타르 마이가, 학교 이사장으로 등극하는 날이 오리라 상상이나 했겠는가. 시련이 나를 키웠다. 시련이 없었더라면 오늘날의 이 결과도 없었을 것이다.

남학생을 담당하는 선생님의 봉급은 정부가 지불했다. 내가 학교를 세웠다는 소식이 전해지면서 후원금들이 들어오기 시작했다. 핀란드에서는 선생님 한 분의 3년치 봉급을 보낸다며, 15,000루피를 보내오기까지 했다.

내 인생은 극과 극을 오갔다. 2002년 말경에, 내 명예는 철저하게 짓밟혔다. 하지만 나는 인권 협회에서 주는 상장까지 받았고, 그 상장을 액자에 끼워서는 이사장 탁자 위에 자랑스럽게 올려놓았다.

'세계 인권의 날, 여성 인권에 대한 첫 국가적 행사. 2002년 12월 10일, 세계 인권 협회에서는 마담, 무크타르 마이에게 상을 수여함.'

내가 파키스탄 여성의 이름으로 세계 속에 실질적으로 존재하게 된 셈이다.

2년이 지난 2005년에는 학교가 풀가동 상태에 이르렀다. 선생님들한테는 미안한 일이었지만 봉급은 1년 동안만 지불했다. 그리고 나는 학교가 자립할 수 있을 정도의 수입을 확보하기 위해 외양간을 지어 소와 염소를 키울 생각을 했다. 내 머릿속은 온통 학교 생각뿐이었다. 나는 내가 세상에 존재하게 된 이유를 학교에서 찾을 수 있었다.

신은 나를 이곳에 종사하도록 하기 위해 그런 시련을 준 것이라 생각했다. 그런 시련이 없었더라면 오늘의 이 학교도 없었을 것이다. 그저 현실에 안주해서 마을 여자들에게 자수를 가르치고, 아이들에게는 내가 암기한 대로 코란을 가르쳤을 것이다. 물론 그때의 나도 나쁘지는 않다고 생각했다. 내 주변에는 자식을 사랑하는 아버지와 가족들이 있고, 또 상냥한 이웃들이 있으며, 내 생활은 그만큼 무사태평했기 때문이다. 하지만 나는 지금 결코 그때로 돌아가고 싶지 않다. 내가 유명해져서도 아니다. 내 힘이 미력하나마 아이들에게 글자를 가르칠 수 있어 너무 행복한 데다 언제나 남자들의 그늘에 가려 비참하게 살아가는 여성들에게 꿈과 희망을 줄 수 있기 때문이다.

하지만 내 임무가 너무 막중해 때로는 힘들기도 했다. 그러나 예기치 않게 날아오는 소식들은 내게 힘과 정신적 도움을 주기도 했다. 이를테면 스페인에 있는 '우먼클럽 25'라는 한 여성 단체로부터 요르단의 여왕, 라니아가 주관하는 세계 여성 회의에 참석해 달라는 초청을 받은 것이 그것이었다. 그 초청 소식만으로도 얼마나 기뻤던지 나는 그때를 잊을 수 없다.

나는 흔쾌히 그 초청에 응했다. 이전의 나 같은 처지에 있는 여성들을 위해서라면 나는 그 어떤 곳도 갈 준비가 돼 있었다. 나는 그것이 내게 주어진 새로운 임무라고 생각했다.

나는 난생처음으로 큰오빠와 함께 비행기를 탔다. 우리 둘 다 얼이 빠져 있었다. 처음으로 외국에 나간다는 사실 앞에서 들뜨기도 했지만 그보다는 수많은 사람들이 낯선 언어를 사용하고 있었기 때문이었다. 그리고 생김새도 다들 달랐다. 오빠와 나는 도무지 익숙해지지가 않았다. 다행히도 두바이에서 기항할 때부터는 사람들이 우리를 따뜻하게 맞아 주었고, 나머지 여행 내내 친절하게 가이드를 받을 수 있어 어느 정도 자신감을 회복할 수 있었다.

그 회의에는 여성 폭력에 관한 문제를 논하고, 여성의 권리를 보다 더 잘 행사하기 위한 방법을 모색하기 위해 세계의 많은 여성 강연자들이 참석했다. 나는 세계의 수많은 나라에서 발생하는 그 많은 얘기들을 경청하면서, 내게 맡겨진 임무가 결코 손쉬운 게 아님을 깨닫게 됐다. 그랬다. 여성이 폭력을 거부한다는 것은 목숨을 부지하기 힘들다는 뜻이다. 그러니 얼마나 많은 여성들이 죽어 나가며, 얼마나 많은 여성들이 존중받지 못한 채 무덤도 없이 모래 속에 파묻힐까.

여성은 사람이 아니었다. 그저 남성들에 속해 있는 하나의 부속물이나 소유물에 지나지 않았다. 여성이 깨어 있으면 그만큼 사는 게 힘이 들 수밖에 없다. 적은 도처에 있었다. 주변의 형제, 남편, 가족, 그리고 동료들도 적일 수 있었다. 물론 진정으로 여자들의 처지를 이해해 주고 존중해 주는 사람도 있지만 그런 사람은 적대감을 갖는 남자들보다 상대적으로 적었다.

수많은 여성들이 불행을 겪고 있는 가운데 세워진 내 작은 학교가 가엾게 여겨졌다. 수세기에 걸쳐 답습돼 온 남자들의 완강한 사고방식을 뜯어고치기에는 내 작은 학교의 힘은 너무 미약했고, 세상 사람들에게는 눈에 잘 띄지도 않을 작은 돌에 지나지 않았다. 그렇지만 미리부터 실망하는 것은 좋은 태도가 아님을 알았다. 이제 시작한 학교니만큼 모든 것이 부족할 수밖에 없지 않은가. 소수의 여자 아이들일망정 그들에게 알파벳을 가르치고, 자신들이 누구인지 가르쳐 나갈 것이다. 중단하지 않고, 서두르지 않으며 최선을 다해 나갈 것이다. 그리고 그 여자 아이들에게 자신들의 동반자인 누이와 이웃 여성에 대한 존중을 가르쳐 나갈 것이다. 그 길만이 여자 아이들이 살길임을 안다. 짐승 같은 폭력에 희생당하지 않고, 스스로 목숨을 끊는 어리석은 일 따위는 하지 않도록 함께 고민할 것이다.

나는 유년 시절, 삼촌으로부터 들었던 유럽이라는 땅에 와 있다. 우리 마을 서쪽에 있다는 그 세계는 당시 나에게는 무척 신기하게 들렸었다. 그런데 낯선 이곳 외국인들은 내 이야기를 알고 있는 게 아닌가! 세상은 내가 생각한 것 이상으로 넓었지만, 또 한편으로는 참 가깝다는 생각을 했다. 나는 계속되는 놀라움에 내심 위축되긴 했지만 세계 속의 다른 여성들과 함께 있는 것만으로도 자긍심을 느꼈다. 한낱 시골 농부 출신 무크타르 마이가 그들과 같이할 수 있다니! 이전 같으면 감히 생각도 못 할 일이었다. 세계 여성 회의 참석은 나에게 새로운 자긍심을 안겨 주었다.

집으로 돌아온 나는 용기백배해서 학교 확장 계획을 세웠다.

코란 구절을 암송하는 것을 듣자마자 내 삶의 의미가 생기는 것처럼, 산수할 때 쓰는 칠판과 미르왈라 마을에서 통용되는 아랍어 밑에 쓰는 영어 알파벳 또한 내게 삶의 의미를 부여했다. 얼마 안 있으면 역사와 지리 과목도 생길 것이다. 내 딸들과 내 어린 여동생들은 남자 아이들과 동등한 교육을 받게 될 것이다.

그러나 지금의 삶은 나의 외적인 삶에 불과했다. 사실 내겐 속내를 허심탄회하게 털어놓을 만한 사람이 아무도 없었다. 의심이 많아진 내가 예전의 삶을 되찾는다는 것은 불가능했다. 차분하고, 침착하고, 또 잘 웃고, 밤낮으로 조용히 지내던 예전의 삶을 되찾을 수는 없었다. 그리 오래지 않은 과거인데도 나는 그 시절이 아주 까마득한 옛날로 느껴졌다. 그랬다. 나는 친구가 필요했다. 내 고충을 들어주고, 두려움으로부터 나를 이끌어 줄 그런 친구가 필요했다.

전깃불이 집안 문지방을 환히 밝혀 주고 있고, 전화벨은 자주 울려 댔다. 정말이지 쉴 새 없이 울려 댔다. NGO 사람들과 미디어들이 날 가만 놓아두지 않기 때문이다. 그들은 나를 도왔다. 학교 설립을 차질 없이 수행하기 위해서는 여러 가지 도움이 필요했는데, 그들은 나를 물심양면으로 도왔다. 참 고마운 사람들이다. 사건이 있고 난 1년 후인 2003년, 내 수중엔 충분한 돈이 없었다. 그런데 그때는 특히 튼튼한 지붕이 필요했었다. 내가 지붕을 놓고 고민하고 있을 때 그들은 자신들의 일처럼 여기며 지붕을 만들 수 있도록 도와주었다. 나는 그들을 잊지 않을 것이다. 학교는 내 학교가 아니었다. 그들의 학교이자 아이들의 학교이며 마을의 학교였다. 다만 나는 거기에 돌 하나를 놓았을 뿐이다.

그러던 어느 날, 나는 한 여성의 목소리를 전화기를 통해 듣게 됐다.

"여보세요? 무크타르? 나는 이웃 마을 피르왈라에 사는 나셈이야. 우리 아버지가 경찰이신데, 너희 집 앞에서 경계 근무를 서고 계셔. 아버지 소식 좀 알까 해서 전화했는데 바꿔 줄 수 있니?"

생면부지의 사람인데도 전화기 속의 여자는 친근하게 굴었다. 나는 그 친근함이 싫지 않았다.

피르왈라는 우리 집에서 20킬로미터 떨어진 곳에 위치해 있었다. 그녀의 아버지는 날 보호하기 위해 파견된 사람이었다. 그리고 그의 삼촌은 우리 집에서 5킬로미터 떨어진 곳에 있는 운하에서 일을 한다고 그녀는 말했다.

"알았어. 잠깐 기다려 봐. 아버지를 불러오라고 할게."

나는 사람을 시켜 그녀의 아버지를 불러오라고 시킨 뒤, 그 사이 그녀와 얘기를 더 나눴다.

그녀는 내게 우리가 먼 친척 관계라고 이야기했다. 그녀의 고모님과 우리 고모님이 같은 가족인 데다 두 분 모두 피르왈라에 거주하고 계시기 때문이라 했다. 나셈은 그녀가 처음 공부를 시작했던 알리푸르에서 돌아왔다고 했다. 알리푸르는 내가 처음으로 날 이해해 준 판사를 만났던 도시로, 나에게는 좋은 인상으로 남은 도시였다. 그런데 그녀는 지금 물탕 시에서 법을 공부하는 중이라 했다. 그토록 나를 힘들게 만들던 법을 공부하는 중이라는 말에 나는 그녀가 부러웠다.

어쨌든 첫 번째 전화 통화는 그것이 전부였다. 나는 한 번도 그녀를 만나 본 적이 없었고, 그녀 역시 언론에 보도된 기사들을 통해 나를 알았을 뿐이었다.

그 뒤, 내가 성지순례를 할 수 있는 행운을 얻어 메카에 가 있을 때 그녀가 두 번째 전화를 걸어왔다. 그리고 세 번째 전화 통화에서 그녀는 날 초대한다고 했다.

"무크타르, 여건이 된다면 우리 집에 올 수 있겠니? 널 초대하고 싶어."

"고마워. 하지만 시간이 없는데 어떡하지? 대신 나셈이 우리 집에 와 줄 수 없을까? 나도 꼭 나셈을 만나고 싶어."

그 당시 나는 수많은 사람들을 만나느라 눈코 뜰 새 없이 분주했었다. 나는 그녀에게 우리 집으로 와 달라고 정중하게 부탁했다.

"그래. 그럼 내가 너희 집으로 갈게. 보고 싶다."

나는 그때까지도 나셈이 장차 나의 하나밖에 없는 유일한 친구이자, 아주 많은 도움을 주는 소중한 친구가 되리라는 생각은 하지 못했다. 그저 내가 궁금해 호기심으로 나를 방문하는 사람 가운데 한 명이리라고 생각했다. 사람이란 다 그런 것이었다. 어찌 앞날을 알 수 있겠는가.

그녀가 드디어 내게로 왔다.

그녀는 신문에 실린 나에 관한 많은 기사들을 읽었다고 했다. 그리고 법적인 관점에서 내 사건에 관심이 있다고도 했다. 그녀가 법을 공부하고 있다고 했으니 어쩌면 당연한 일일 것이다. 2003년 당시, 내 사건은 여전히 고등법원에 상고 계류 중이었다. 그녀와의 만남이 필연적 만남인지, 운명적 만남인지 나는 알 수 없다. 어쨌든 그녀의 아버지가 나를 보호하는 경계 팀에 소속된 경찰이 아니었다면 우리는 절대 만나지 못했을 것이다. 나셈은 나의 유명세에 끌려 날 돕겠다고 나서는 일부 사람들과는 다른 부류였다.

나셈의 첫인상은 아주 당당하고 똑똑한 여자로 보였다. 우리가 첫 대면해서 이야기를 나눌 때부터 나셈은 나를 압도했다.

굉장한 여자, 그것이 내 눈에 비친 나셈의 첫 모습이었다. 그랬다. 그녀는 모든 것이 나와는 정반대였다. 활동적이고, 생기발랄하고, 말에 거침이 없었고, 사람을 두려워하지도 않았고, 명확한 사고의 소유자로서 쉬운 말로 이야기를 풀어 갔다. 그녀가 내게 던진 첫 이야기기 중에 날 화들짝 놀라게 한 말이 있었다.

"너는 모든 것을 무서워하고, 모두를 겁내고 있어. 네가 계속해서 그렇게 살아가면, 너는 이 시련을 견뎌 내지 못할 거야. 그러니 당당하게 맞서 싸워야 돼."

그녀는 내 상황을 정확히 이해하고 있었다. 하지만 내심 타인이 내 상황을 이해하기는 쉽지만 정작 본인의 일이라면 말처럼 쉽지만은 않을 거라는 반박이 들었다. 정말이지, 내가 서서 버틸 수 있다는 것만도 기적이었다. 사실, 나는 기진맥진해 있었다. 나에 대해서 무슨 말이 나돌고 있고, 마스토이들이 낸 항고심에 관한 법정 심리가 열릴 때 무슨 일이 벌어질지 등을 생각하면 나는 불안하기 짝이 없었다. 게다가 그 일 이후의 후유증과 앞으로 파생될 여러 가지 문제점들을 생각하면 내 인내심은 바닥이 나 버렸다.

나는 여전히 그들의 권력과 인맥이 두려웠다. 경찰이 나를 보호하고 있고 정부 역시 나를 보호하고 있었지만, 이슬라마바드는 미르왈라에서 멀리 떨어진 곳에 있었다. 더구나 뿌리 깊은 남성 중심 사고와 사회는 알게 모르게 나의 처지와 입지를 위협하려 들 것이다. 게다가 아직까지는 아무것도 확실한 게 없었다. 그들이 무죄로 풀려날지도 모를 일이고, 당장에는 자유롭게 활보하고 다니는 마스토이 부족 여덟 남자가 언제든 내게 해코지를 할 수 있는 노릇이었다.

나는 이따금 저녁노을에 정신을 팔렸다가 개 짖는 소리나, 혹은 남자의 실루엣이 눈에 띄면 소스라치게 놀라곤 했다. 적일 수도 있기 때문이다. 가령 누군가가 경찰로 위장했을 수도 있었다. 나는 집 밖에 나설 때마다 무장한 남자들의 호위를 받아야 했다. 그때마다 나는 택시를 잡아탔고, 미르왈라에서 멀리 떨어진 곳에 이르러서야 내렸다. 그나마 다행인 사실은 우리 집을 가거나, 출타를 해야 할 때는 마을을 횡단하지 않아도 됐다. 우리 집은 마을 초입에 있었기 때문이다. 모스크로 뻗어 있는 길 앞 첫 집이 우리 집이다.

하지만 우리 마을 가정들 대다수가 마스토이 부족 사람들이었다. 내가 그들의 눈까지 피할 수는 없었다. 지역신문에는 정규적으로 나를 중상모략하는 기사들이 실렸다. 그들은 나를 돈밖에 모르는 여자라고 했고, 은행에 계좌를 가지고 있는 여자라고 했으며 심지어 자기 남편한테 다시 돌아가 살 여자라고 날 헐뜯었다. 내 전 남편 또한 내가 해시시를 피우던 여자라고 주장하며, 온갖 거짓 소문을 퍼뜨렸다. 나는 그 소문들 앞에서 만신창이가 된 느낌이었다. 나는 내 결백을 주장할 수도 없었다. 내가 한마디 하면 그들은 열 마디, 스무 마디로 나를 공격할 것이다.

나셈은 내가 망상증 환자가 되어 버렸다고 주장했다. 나는 나를 믿어 줄 그 누군가가 간절히 그리웠다. 갈수록 비쩍비쩍 말라 가고, 심리적 불안을 겪는 내게 필요한 것은 신뢰할 수 있는 그 누군가와의 대화였다. 그런데 나셈과 그러한 관계를 맺을 수 있게 됐다. 마침내 나는 그녀에게 강간과 폭력, 한 여성의 몸을 짓밟은 그 야만적인 복수에 대해 속 시원히 터놓고 말할 수 있게 된 것이다. 그녀의 반응을 걱정하지 않은 채 나는 처음으로 마음 편하게 내게 일어났던 일들을 이야기할 수 있었다. 나셈은 내 말을 경청할 줄 알았다. 시간이 얼마가 걸리든 기다려야 할 때는 기다려 줬다. 현대사회에서는 어떤 여성이 최악의 나락으로 떨어지면 그 여성이 다시 갱생할 수 있도록 돕는 전문의가 존재한다. 나에게 나셈은 그런 존재였다.

나셈은 나에게 충고를 아끼지 않았다.

"너는 이제 겨우 첫발을 내딛는 아이에 불과해. 너는 새로운 삶을 시작하는 것이니 처음부터 다시 시작해야 돼. 내가 정신과 의사는 아니지만, 지난날 너의 삶에 대해 내게 허심탄회하게 얘기해 봐. 유년 시절, 결혼 생활, 그리고 네가 겪은 일까지도. 무크타르, 거리낌 없이 말해야 돼. 속에 있는 얘기를 하면서 선과 악에 대한 얘기도 함께해 봐. 우리 훌훌 털어 내는 거야. 마치 지저분한 옷을 세탁하는 것처럼. 세탁된 옷은 사람들이 걱정 없이 자신들 몸에 걸치지."

나셈은 마치 나의 보호자처럼 굴었다.

나셈은 그 집안의 장녀였다. 그녀는 청강생 자격으로 신문방송학 석사 학위를 준비하기 위해 법학을 그만두기로 결정한 상태였다. 그녀의 여덟 명의 형제자매도 그녀와 마찬가지로 학업 중이었다. 내게도 역시 여덟 명의 형제자매가 있었다. 우리 두 마을은 단지 20여 킬로미터밖에 떨어지지 않았음에도 불구하고, 우리 둘의 삶은 서로 완전히 달랐다.

그녀는 자기 스스로 자신의 미래를 결정할 수 있었다. 나셈은 투사였다. 그녀는 할 말이 있으면 목청 높여 외쳐 댔다. 그녀는 아무도 두려워하지 않았다. 집 앞에 있던 여성 경관들조차도 놀란 눈으로 그녀를 쳐다보곤 했다.

"너는 언제나 생각나는 것이 있으면 표현을 하니?"

"그럼, 항상 그렇지!"

내 말에 그녀는 아주 당당하고 쾌활하게 대답했다. 오히려 묻는 내가 머쓱해질 정도였다. 그녀는 매번 날 웃겼고, 날 깨우쳐 주었다. 한 번도 표현하지 못한 채 속으로만 끓이고 살았던 것들에 대해 곰곰이 생각하게 만드는 계기를 주었다. 내가 배운 것들은 내 생각을 자신 있게 표현하는 것을 막는 장애물이었다. 나는 오로지 순종해야 한다고 배웠다. 여자가 할 말을 다하고, 권리를 주장하며, 당당하게 사는 것은 미덕이 아니라고 했다. 순응하며 산 오랜 세월이 날 그렇게 만들었다. 하지만 나셈은 반박을 했다.

"남자와 여자는 동등해. 우리가 짊어져야 할 의무도 똑같고. 나도 이슬람이 남성들에게 우월권을 부여한 것은 알고는 있지만, 우리나라에서는 남성들이 그 우월권을 남용해 여자들을 완전히 지배하려 든다는 것이 문제야. 너는 네 아버지, 네 형제, 네 삼촌, 네 남편한테 순종해야 하고, 더 나아가 종국에는 온 마을 남자들, 온 지역 남자들, 그리고 전국의 남자들에게 순종하게 될 테지.

나는 네 사건을 신문에서 읽었어. 또 수많은 사람들은 네 말을 하며 떠들어 대고 있어. 그런데 넌 어때? 넌 네 얘기를 하는 거야? 너는 남의 눈치를 봐 가며 너의 불행을 털어놓고는 다시 상자처럼 너 자신을 닫아 버려.

네가 겪는 불행은 너 혼자만의 것이 아니야. 네 불행은 우리나라 여성들 절반 이상이 겪는 불행이야. 그녀들은 단지 불행과 굴종으로 점철된 삶을 살아가고 있어. 그녀들은 감히 자신들의 감정을 표출하거나 혹은 목소리를 높일 엄두도 내지 못한 채 살고 있어. 만약 그녀들 중 한 명이 '안 돼'라고 말했다가는, 목숨을 위협받거나 불행한 경우 몰매를 맞기도 해.

내가 너에게 예를 하나 들어 볼게. 어떤 여성이 영화를 보려는데 그녀의 남편이 그걸 방해해. 왜 그럴까? 그건 말이야. 남편은 부인이 무지하길 바라기 때문이야. 그래야 아내한테 아무 말이나 지껄일 수 있고 아무것도 못하게 막을 수 있을 테니까. 어떤 남편이 자신의 부인에게, '너는 내 말에 순종해, 그게 전부야!'라고 말하면 부인은 아무 대꾸도 못하지. 내가 그 불행한 여자들을 대신해 묻고 싶은 말은 이거야."

나셈은 목소리를 변조해 마치 다른 사람이 하는 것처럼 나에게 물었다.

"그런 말이 어디 씌어 있는데? 그리고 만약 남편이 바보 천치라면? 만약 남편이 부인을 두들겨 패기라도 하면? 그녀는 과연 바보 천치한테 평생 두들겨 맞으며 살아야 하겠네? 그럼 남편은 계속해서 자신이 똑똑한 줄 알고 살아갈 텐데? 그래도 남편 말을 들어야 할까? 평생 바보한테 두들겨 맞으면서?"

나셈은 내 대답을 듣지도 않고 계속해서 말을 이었고, 나는 마치 야단맞는 어린아이의 심정으로 나셈의 이야기를 들었다.

"아내가 읽을 줄을 모르면 세상은 남편을 통해서만 존재하게
되어 있어. 그러니 어떻게 아내가 대항할 수 있겠어? 물론 파키
스탄 모든 남성들이 다 그렇다는 것은 아냐. 하지만 남자들을
신뢰한다는 것은 너무 요원한 문제야. 수많은 문맹 여성들이
자신들의 권리를 모르고 지내. 너는 네 권리를 찾았지. 불행하
게도 동생이 혐의를 받고 있는 죗값을 너 혼자서 치르게 됐지
만. 네가 저지르지도 않은 죗값을 말이야!

그래도 네가 용기를 내어 대항했기 때문에 그나마 권리를 찾
을 수 있었던 거야. 그러니 지속적으로 대항을 해야 돼. 하지만
이번에는 너는 너 자신과 맞서 싸워야 돼. 너는 너무 조용하고,
너무 폐쇄적이고, 너무 의심이 많은 게 탈이야. 너는 고통스러
워하고 있어! 너는 너 자신을 가두고 있는 감옥으로부터 탈출
해야 돼. 넌 내게 허심탄회하게 다 털어놓을 수 있어. 그리고
그렇게 해야 해."

그의 충고는 내 마음을 움직였다. 나도 그러고 싶었다. 내 안
에 있는 모든 것을 솔직하게 털어놓을 수 있는 친구가 필요했
다. 그런데 그녀가 먼저 내게 손을 내밀었고, 나는 너무나 고맙
고 행복하게 나셈이 내민 손을 잡았다.

나는 그날 이후 정말로 나셈에게 모든 것을 거리낌 없이 털
어놓는 데 성공했다. 물론 그녀는 내 이야기를 속속들이 알고

있었지만, 그것은 어디까지나 경찰이나, 신문기자들, 그리고 판사들이 알고 있는 정도의 수준에 불과했다. 파키스탄 신문들이 여타 사건들에 비해 조금 더 중요한 사건 정도로 다뤄 보도한 내용 수준에 그쳤다. 정말 중요한 것은 내 안에 있었다.

나는 한 번도 꺼내지 않았던 말들을 토해 냈다. 그녀는 내게 우정과 연민을 느끼며 내 말을 경청해 줬다. 사력을 다해 홀로 험한 길을 헤치고 온 짐승처럼 내가 침대 위에 몸을 던질 때, 내 머릿속을 혼란스럽게 하던 정신적, 육체적 고통과 수치심, 죽어 버리고 싶었던 심경 등에 대해 털어놨다. 아주 어려서부터 내가 배운 것은 고작해야 침묵하는 것이 전부였기 때문에, 엄마나 혹은 자매들에게도 이야기하지 못했던 말들을 그녀한테 솔직하게 털어놓을 수 있었다. 한 번 말을 꺼내자 거침없이 내 안에 숨어 있던 말들이 터져 나왔다. 그렇게 쉽게 나오는 말들 때문에 나 스스로도 조금은 당혹스러웠다. 나셈은 내가 혼란을 겪지 않도록 간간이 나를 격려해 주거나 고개를 끄덕여 주었다. 그녀의 표정 하나하나가, 그녀의 몸짓 하나하나가 내게는 허투루 보이지 않았다. 그녀의 작은 동작 하나가 내게는 큰 응원처럼 다가왔다.

나셈은 진정으로 나를 이해해 주었다. 그게 나에게는 큰 힘이 됐고, 나와 맞서 싸울 수 있는 용기를 주었다.

나는 앨범에 꽂힌 당시의 내 사진들을 볼 때면 나 자신조차
도 알아보지 못하는 경우가 더러 있다. 비쩍 말라 피골이 상접
한 데다 처음으로 이슬라마바드에 뿌리를 둔 파키스탄 NGO
단체, SPO[4]의 책임자를 대면했을 때처럼, 그 사진 속의 나는
잔뜩 겁먹은 시선을 하고 있었다.

SPO의 책임자는 나를 보기 위해 마을까지 찾아왔던 사람이
었다. 캐나다에서 학교를 세우겠다는 내 계획에 관심을 표명한
것도 그 때문이었다. 사진 속의 나는 초췌하고 잔뜩 주눅이 들
어 있다. 나는 감히 용기를 내어 사진을 본다. 왜냐면 다른 나
로 거듭나야 했기 때문에 과거의 나를 돌아볼 필요가 있었다.
성찰이 없는 발전은 진정한 발전이 아니므로.

나셈이 나의 투쟁의 자매가 된 이후로 나는 자신감을 회복할
수 있었다. 더불어 식사도 할 수 있었다. 때문에 내 볼에는 점
차 살이 오르고, 잠도 잘 수 있었다. 그리고 고요한 눈길을 되
찾을 수 있었다.

수치스럽다고 여기던 비밀, 자신의 고통을 털어놓음으로써
정신과 육체는 해방된다. 나는 나셈을 만나기 전까지 그 사실
을 알지 못했었다.

---

4) 대중들과 함께 강력한 연대를 모색하는 기구(Strengthering Participatory Organization)

운명

나는 내가 누구인지도 모르고 자랐다. 나는 집안의 다른 여자들과 똑같은 영혼을 지녔다. 눈에 띄지 않는, 아주 평범한 영혼의 소유자이다. 내가 알고 있는 것들은 우연찮게 남들이 하는 말을 통해 알게 된 것들이다. 가령 어떤 여자가 이런 말을 한다고 치자.

"너, 그 여자 아이가 한 짓을 봤니? 그 아이가 자기 집안의 명예를 더럽혔대. 그 아이가 저기 저 소년에게 말을 걸었대. 그 아이는 더 이상 명예롭지가 못해."

그러면 그 이야기를 듣고 있던 어머니는 내 쪽으로 몸을 돌리며 이렇게 훈계하곤 했다.

"들었니? 무크타르. 저 집에 무슨 일이 닥쳤는지? 저런 일이
우리 집에도 일어날 수 있으니, 늘 조심해야 된다!"

나는 어머니의 말에 고개를 끄덕였다. 나는 그런 식으로 세
상을 배워 나가고 알아 갔다. 때문에 나는 특별한 아이가 아니
었다. 내 주변에서 마주칠 수 있는 여자 아이들과 똑같은 생각
을 지니고 있던 평범한 아이에 지나지 않았다.

여자 아이들은 어릴 적부터 사내아이들과 노는 것이 금지되
어 있다. 아주 어린 여자 아이라 할지라도 마찬가지였다. 사내
아이가 사촌 여동생과 구슬치기라도 하다 발각되는 날에는 어
머니한테 호되게 매를 맞았다.

장차 그 딸들이 어머니가 되면, 똑같이 자신의 딸들에게 목
소리를 높여 가며 잔소리를 늘어놓았다.

"넌 네 남편 말이 씨도 먹히지 않는 아이구나. 넌 남편 수발
도 빠릿빠릿하게 들지 못하니?"

어머니들은 자신들이 교육받았던 것을 고스란히 딸들에게
물려줌으로써 그녀들이 행복을 얻는다고 여겼고, 가문의 명예
가 지켜진다고 생각했다. 딸들은 고분고분 자신의 어머니가 하
는 말들을 새겨듣고 자신의 행동을 반성했다.

이런 식으로 아직 결혼하지 않은 소녀들은 해도 되는 일과,
해서는 안 되는 일을 배워 갔다. 기도 이외에, 그리고 코란을

암송하는 것 이외에 우리가 배운 유일한 교육은 그러한 것들이었다. 그 유일한 교육을 통해 우리가 배운 것은 불신과 순종, 굴종과 두려움, 남자에 대한 절대적인 존경심이다. 바로 우리 자신을 잊게 하는 것들이다.

유년 시절의 나는 불신이 크지 않았다. 그리고 폐쇄적이지도, 조용하지도 않았다. 나는 웃음이 많았다. 내가 유일하게 속내를 털어놓던 상대는 친할머니 나니였다. 그녀가 날 키웠고, 지금도 우리와 함께 살고 있다. 통상 우리나라에서는 아이를 어머니가 아닌, 다른 여자에게 맡긴다.

지금 할머니는 아주 연로하시고 앞도 잘 못 보신다. 그녀는 아버지와 어머니가 그렇듯 자신의 나이를 모른다. 요새는 나도 신분증을 가지고 있다. 그런데 할머니는 내가 신분증 나이보다 실제 한 살을 더 먹었다고 했다. 이곳 마을에서는 실제 나이 따위는 중요치 않다. 나이. 그것은 삶이고, 흐르는 날들이고, 날씨와 같다고 여기기 때문이다.

어느 날, 집에서 집안사람 중 누군가가 나를 향해 말한다.

"너 이제 열 살 됐구나."

그러면 나는 열 살이 되는 것이다. 그리고 나서 6개월이나 혹은 1년이 지나면, 나는 까먹어 버린다. 심지어 우리는 먼저 낳은 아이와 나중에 낳은 아이를 구분하지 못하는 경우도 있다.

어떻게 그런 일이 일어날 수 있을까 하겠지만 사실 그렇다. 시골 마을에는 주민등록증이 존재하지 않는다. 아이가 태어나고 살아서 무럭무럭 자라고 있다는 것, 그것만이 관심사의 전부지, 누가 먼저 태어나고 나중에 태어났는가는 그 뒤의 일이다.

나는 다른 여자 아이들이 그런 것처럼 여섯 살 무렵부터 어머니와 고모를 도와 집안일을 하기 시작했다. 아버지가 가축들에게 주려고 옥수수를 가져오면 나는 그것들을 가축들이 먹기 좋도록 잘랐다. 뿐만 아니라 이따금씩 나는 밭으로 잡초를 베러 가는 아버지를 도우러 가기도 했다. 아버지가 외지로 나가 일할 때는 오빠인 하조르 바크시가 아버지 대신 추수를 맡아서 했다. 그는 나무를 자르는 작은 목재소를 운영했다.

시간이 흐르면서 우리 집에는 식구가 불어났다. 여동생 나셈과 불행하게도 우리 곁을 떠나 버린 또 다른 여동생 자말, 그리고 라마트와 파티마. 끝으로, 어머니한테 두 번째 아들이자 집안의 막둥이 사쿠르가 태어났다.

나는 이따금 아들 하나만 더 얻으면 더 이상 아이들을 낳지 않을 테니, 아들 하나만 점지해 주시면 감사하겠다고 신께 기도하는 어머니의 소리를 듣곤 했다. 아이는 낳을 만큼 충분히 낳았다는 일종의 어머니의 고백인 셈이었다. 하지만 어머니는 사쿠르를 얻고도 동생을 더 낳았다. 사쿠르의 뒤를 이은 막내

딸, 타스미아가 태어난 것이다.

오빠 하조르 바크시와 사쿠르, 두 남자 형제의 나이 터울은 컸지만 딸들은 터울이 많아 지지 않았다. 나는 시간이 날 때면 낡은 헝겊으로 만든 인형들을 가지고, 우리가 꾸며 낸 인형 놀이를 하던 때를 떠올려 본다. 정말 우리들은 재미있게 놀았고, 실제 삶처럼 진지하게 놀이를 했다.

인형들은 우리가 직접 제작했다. 우리 손에서 태어난 소녀 인형들과 소년 인형들은 우리 손에서 우리가 시키는 대로 수굿하게 말을 잘 들었다. 우리는 여러 가지 이야기들을 만들어 냈다. 대부분 우리의 삶을 그대로 본뜬 내용들이었지만 그래도 어른들 흉내를 내거나, 인형들을 빌려 우리 마음을 표현하기도 했다. 그중에서도 인형들끼리 혼사를 논의하는 이야기는 가장 재미있었고, 자꾸 반복해도 질리지 않았다.

예를 들면 나는 소년 인형을 들고, 여동생은 소녀 인형을 든 채 협상을 벌이는 형식이었다.

"자네는 딸을 내 아들에게 주겠나?"

"좋네, 그런데 자네가 아들을 내 딸에게 주겠다는 조건일세."

"그럴 수 없네. 나는 아들을 내줄 수 없네. 아들은 이미 삼촌 딸과 약혼을 시켰다네."

우리는 부모들이 정해 놓은 혼사를 두고 티격태격하는 상황을 상상으로 꾸며 냈고, 우리가 들어서 알고 있는 성인들의 말씨를 흉내 냈다. 부모들, 오빠들, 할머니들까지. 그야말로 어른들과 아이들, 모든 가족을 재현한 인형들이 있었다.

우리는 그런 식으로 집 안에 있는 모든 천을 그러모아 만든 20여 개의 인형들을 가지고 놀이를 했다. 우리는 소년과 소녀를 옷으로 구분 지었다. 소년들은 바지에다 흰 셔츠를 입혔다. 소녀들은 숄이나 혹은 스카프 같은 걸로 머리를 가렸다. 우리는 그녀들의 머리카락을 땋아 천 조각으로 묶은 뒤 길게 늘어뜨렸다. 화장품을 이용해 얼굴을 꾸미고, 코에다는 작은 보석들을 달았으며 귀고리까지 해 줬다. 인형의 몸통을 만드는 것보다 치장하는 일이 가장 까다로웠다. 어른들이 너무 낡아서 못쓰겠다 싶어 버린 작은 진주들이나 혹은 반짝거리는 것들로 치장된 천 조각을 활용해야만 장식용 보석들을 만들 수 있었기 때문이었다. 그렇게 만든 소녀 인형들은 우리가 보기에도 예뻤다.

우리는 천 조각으로 만든 그 작은 규모의 가족을 이끌고 부모님과 멀리 떨어진 그늘로 가서 자리를 잡았다. 왜냐하면 집 안에서 어른들끼리 티격태격하던 작은 다툼을 우리는 인형 놀이에서 그대로 재현했기 때문이었다. 특히나 우리가 인형을 가지고 노는 소리를 다른 사람들이 들어서는 안 됐기 때문이었다. 우리는 보석들이 먼지가 타지 않도록 벽돌 위에다 놓았다.

그리고 복잡하지만 아름다운 혼사 이야기를 계속했다.

"자넨 조카딸한테 신랑감을 구해 주고 싶나? 걔는 아직 지어미 배 속에서 나오지도 않았어!"

"그 아이가 만약 아들이면 나한테 주고, 딸이면 내가 자네한테 내 막내딸을 줌세. 하지만 자네 아들이 우리 집에 와서 살아야 되네. 그리고 그 아이가 금 1그램과 귀고리도 가져와야 하네!"

우리 자매들은 싫증을 내지도 않고 인형 놀이에 빠져 들었고, 그 인형 놀이들을 통해 인생을 배울 수 있었다. 생각해 보면 그때가 가장 행복했었던 것 같다.

나는 나셈에게 내가 일곱 살이나 여덟 살 때 혼인한 한 사촌 자매의 이야기를 하며, 마치 오랫동안 웃어 보지 못한 사람처럼 깔깔댔다. 그 당시 사촌의 결혼식 덕분에 나는 처음으로 멀리 여행을 떠날 기회가 생겼다. 나는 삼촌과 함께 우리 집에서 대략 50킬로미터 떨어진 마을을 향해 떠났다. 그 사촌 집으로 향하는 길은 도로는 없고 오솔길 하나만 덜렁 뻗어 있었다. 하지만 그 오솔길이나마 있었기에 다행이었다.

계속해서 비가 내린 탓에 길은 몹시 나빴다. 평소 때와 다름없이 우리는 자전거를 타고 여행했다. 자전거 세 대에 온 가족이 나누어 타고 갔다. 나는 삼촌이 탄 자전거 뼈대 위에 앉았다. 다른 한 명은 자전거 핸들 위에, 또 다른 한 명은 뒷좌석에 앉았다. 비가 내리고 있었지만 우리는 파티에 가서 사촌들을 만나 그들과 놀 생각에 그저 행복하기만 했다.

그런데 불행하게도 자전거 뒷좌석에 타고 있던 고모들 중 한 명이 그만 자전거에서 떨어지고 말았다. 그녀는 결혼식에 맞추어 옷을 잘 차려입은 데다 유리로 된 아주 멋진 팔찌들을 하고 있었다. 당연히 그 근사한 유리 팔찌들은 박살이 난 채 고모의 손목에서 벗어나 있었다. 고모가 가벼운 부상을 입은 것만도 다행이었다.

고모가 자전거에서 떨어지는 순간, 어찌나 비명을 질러 댔던지 식구들은 모두 기겁을 했었다. 그녀의 비명을 들은 우리는 그녀가 큰 부상을 입었을 거라고 추측했다. 식구들 모두 자전거에서 내려 고모에게로 달려들었다. 그녀는 물론 아프기도 했을 테지만 그보다는 형형색색을 띤 박살 난 유리 조각 때문에 더 슬프게 울었다. 우리는 상처 입은 고모의 팔에 붕대를 감아 줘야만 했다. 그러자 옆에서 아이들이 서로를 쳐다보며 깔깔거렸고, 결국은 모두가 실컷 웃었다. 붕대 팔찌를 하게 된 가엾은 고모 역시 웃을 수밖에 없었다. 우리는 두고두고 그 장면을 회상하면서 오랫동안 미친 듯이 웃었다.

나는 내 결혼 이야기도 나셈에게 들려줬다. 공부를 많이 한 나셈도, 여성의 권리를 잊지 말아야 한다고 주장하던 그녀도 역시 전통을 따를 수밖에 없었다. 사람들은 이미 오래전에 그녀의 의사와는 상관없이 나셈에게 결혼 상대를 정해 준 상태였다. 하지만 그 남자는 나셈의 이상형이 아니었다. 그녀는 부모에게 불손하게 굴지 않는 방법으로 그 혼인을 피하려 애쓰고 있는 중이었다. 마찰이나 언쟁 없이 말이다. 그녀는 스물여덟 살이었지만 공부를 하고 있었다. 공부한다는 핑계로 그녀는 남자와의 결혼을 미루고 있었다. 나셈의 결혼 상대로 지목된 남자가 그녀 앞에 나타나는 것도 아니었다. 그녀는 남자가 스스로 알아서 자신을 포기해 주거나 혹은 지쳐 나가떨어져 다른 여자를 만나길 희망하고 있었다. 어쨌거나 그녀는 가능한 끝까지 버틸 작정이었다.

아직까지 그녀는 이상형 남자를 만나지 못했다고 했다. 그리고 그것은 우리나라 전통에서는 엄격한 금기 중 하나였다. 젊은 아가씨가 스스로 남자를 선택할 권리는 없었다. 위험을 무릅쓰고 자신의 마음에 드는 남자를 골라 미래를 기약하는 용감한 아가씨들은 협박을 받고, 모욕을 당하고, 구타를 당했다. 가끔은 살해까지 당하는 경우가 생기기도 했다.

새로운 법은 원칙적으로 그녀들의 선택을 존중해 줘야 했다.

하지만 각각의 카스트마다 자신들의 전통이 있을 뿐만 아니라 이슬람법도 그걸 용납하지 않고 있다. 스스로 짝을 구한 커플들은 자신들의 결혼이 합법적으로 이루어졌다는 것을 증명하는 데 엄청난 어려움을 겪어야만 했다. 그럼에도 불구하고 여자는 지나(간통, 혼외정사 혹은 강간범을 일컫는 말—역주) 취급을 당해 손가락질을 받았다. 그 결과 여자는 돌로 쳐 죽이라는 부족의 형벌에 처해질 수도 있었다. 물론 돌 투석이라는 형벌은 국가에서 금지하고 있었지만 말이다.

우리는 항상 법적으로 서로 다른 두 시스템 사이에 끼어 산다. 종교적인 시스템과 합법적인 시스템, 게다가 헌법을 완전히 무시해 버리고, 가끔은 종교법까지도 묵살해 버리며, 모든 일을 복잡하게 만들어 버리는 부족 시스템까지 있다. 사건마다 그때그때 적용하는 시스템이 달라 사람들은 그저 두렵고, 혼란스럽기만 할 따름이다.

이혼을 하려 해도 그 또한 복잡했다. 남편만이 이혼에 동의할 수 있다. 한 여성이 국가 법정에다 이혼소송 절차를 밟을 때면 남편 가족은 자신들의 명예가 실추됐다고 여겨 '처벌'을 생각했다. 게다가 법적 절차를 밟는다 해도 항상 합법적인 이혼 판결을 얻어 내지 못하고 있는 실정이다.

내 경우에 있어서는 내가 원하는 결과를 쟁취하긴 했지만 그건 다른 방식으로 일이 진행되었기 때문이었다.

내가 열여덟 살 때 일이었다.

내 결혼 문제를 두고 아버지와 내 신랑이 될 가족들이 모여 이야기를 하고 있을 때 여동생 자말이 웃으며 내게 다가와 귓속말로 전했다.

"언니, 시댁 식구들이 저기 있어."

나는 자말의 말에 얼굴을 붉혔다. 한편으로는 기쁘기도 했지만 그보다는 부끄러웠다. 내가 결혼함으로써 인생의 전환기를 맞는다는 것이 기뻤지만, 여동생이 웃어 대고, 사촌들이 농담을 해 댔기 때문에 부끄러웠다. 새 가족이 될 사람이 와 있다는 소식을 들은 나는 가슴이 뛰고 설렜다. 하지만 동생과 사촌들의 농담 때문에 별것 아닌 것처럼 굴었다.

"네 멋진 왕자님이 저기 있어."

사촌들은 짓궂게도 계속해서 나를 놀려 댔다.

"다른 데 가서 찾아보라고 해!"

나는 사촌들의 말에 새침하게 대답해 주었다.

"언니, 신랑 될 사람 보고 싶지 않아?"

"됐어."

말은 그렇게 했지만 나 역시 그가 궁금했다. 코와 입과 눈은 어떻게 생겼으며, 키는 얼마나 클까? 목소리는 어떨까. 나는 그 모든 것들을 속으로만 물었다. 내가 보고 싶다고 볼 수 있는 게 아니었다.

하여간 모든 절차는 다른 곳에서 진행되었다. 남자들끼리만 모여 문제를 상의할 수 있었다. 모든 사촌들, 남자 형제들, 삼촌들과 장차 남편이 될 사람의 집안 남자들이 모여 혼사에 관련된 여러 가지 이야기들을 나누었다. 누군가 기일을 제안하면 논의가 시작된다. 왜냐하면 그날에 각자 시간을 뺄 수 있어야 하기 때문이었다. 달이 차고 지는 것에 따라서, 추수 날짜에 따라서, 짓는 농사에 따라서 조율이 된다. 누군가 이렇게 말했다 치자.

"금요일은 안 돼. 다른 사촌이 혼인하는 날이야."

"그럼 일요일로 하지."

그럼 다른 사람이 반론을 제기한다.

"일요일은 안 돼. 그날은 내가 물을 길어다 농작물에 물을 주는 날이거든. 난 시간을 못내."

그렇게 해서 그들은 모든 사람들이 동의하는 날을 잡게 된다. 여자들은 발언권이 없다. 약혼녀한테는 더욱더 그렇다.

그날 저녁, 집으로 돌아온 가장이 부인에게 소식을 전하고, 젊은 당사자는 자신이 어떤 요일에 결혼을 할 것인지 알게 된다. 나는 정확히 내가 결혼한 요일도, 달도, 기억하지 못했다. 라마단이 있던 한 달 전으로 날짜가 잡혀 있었다는 것이, 내가 아는 전부였다. 내 결혼인데도 그랬다.

내가 내 남편감이 누군지 알게 됐을 때, 나는 애써 그 사람의 기억을 더듬어 봤다. 그 사람을 알 것도 같았기 때문이었다. 그 랬다. 나는 그 사람을 도로나, 아니면 어떤 행사장에서 마주친 적이 있었다. 그는 마치 소아마비 환자처럼 다리를 심하게 절 었다. 그가 한 걸음, 한 걸음 내디딜 때마다 온몸이 기우뚱거렸 다. 물론 나는 신랑 될 사람이 다리를 전다는 사실에 토를 달지 않았다. 단지 나는 속으로 말했다.

"아, 바로 그자야!"

어쨌든 간에 그 사실은 나를 불안하게 만들었다. 그 남자를 선택한 사람은 아버지가 아니라, 삼촌이었기 때문이었다. 그리 고 나는 왜 삼촌이 나를 그 남자와 혼인시키려 하는지 자문해 봤다. 왜 하필 자기 질녀를 그 남자에게 주려는 것일까? 그의 얼굴은 꽤 잘생긴 편이었지만 내가 모르는 사람인데다 다리까 지 절룩이는데 말이다.

하지만 어른들이 결정한 결혼에 대해 내가 이러쿵저러쿵 말 을 해서는 안 된다. 나는 가만히 있다가 시키는 대로 해야만 했다.

나셈은 내게 그런 모든 상황에도 불구하고 그 남자가 맘에 들었었냐고 물었다. 나는 그런 류의 질문에 답변하는 것이 익숙하지 않았지만 그녀가 웃으면서 채근하는 바람에 대답했다.

"그저 그랬어. 만약 내가 아니라고 답변할 수 있었다면 나는 그렇게 대답했을 거야."

내 이야기는 계속되었다.

이미 우리의 결혼 날짜가 잡혔다는 것을 제외하면 나는 그에 대해 아는 것이 없었다. 고작 해야 그가 다리를 절룩인다는 사실 외에는 아무것도 몰랐다. 그리고 그는 자신의 큰형을 대동하고 우리 집을 방문했다. 날짜가 잡히고 난 직후부터 나는 자동적으로 그의 약혼녀가 된 셈이었다. 그리고 모든 여자들이 나에게 의례적으로 한마디씩 했다. 그들이 하는 말은 언제나 같았다. 결혼을 앞둔 여자들에게 해 주는 똑같은 충고들이었다.

"네가 남편 집으로 가거든 부모와 가족의 명예를 지키는 처신을 해야 한다."

"남편이 지시하는 대로 다해야 한다. 남편 가족을 존중하고……."

"너는 남편의 명예이며, 남편 집안의 명예이니, 그들을 존중해야 한다……."

나는 그때마다 아무 말 없이 그들의 충고를 받아들였다.

어머니들은 우리에게 아무것도 알려 주지 않는다. 우리가 결혼할 때가 되면, 사람들은 우리가 무슨 일이 벌어지고 있는지 다 알고 있다고 간주해 버린다. 다 컸으니 모르는 게 없을 거라고 단정 지어 생각하는 것이다. 상황이 그러하다 보니 나는 남편에게 순종해야 된다는 사실에 대한 불안감도, 불만도 없었다. 파키스탄의 모든 여자들이 겪는 일이었으니까.

그 밖의 것들에 대해서는 결혼한 여자들이 결혼을 앞두고 있는 젊은 아가씨들에게 귀띔을 해 주지 않기 때문에 모든 게 미스터리일 수밖에 없다. 따라서 물을 수도 없었다. 아니, 우리에게는 질문할 권리도 없었다. 결혼하고, 아이를 출산하는 일은 흔한 일이다. 나는 애 낳는 여자들을 본 적도 있다. 이를테면 나는 내가 알아 두어야 할 것들을 모두 알고 있는 셈이었다. 다른 나라나 혹은 상송에서는 사랑 이야기를 하지만 그것은 나와는 무관한 것들이다. 우리는 그렇게 다 알고 있다고 생각하지만 사실은 전혀 모른 채로 결혼한다.

어느 날 나는 삼촌 댁에 갔다가 텔레비전에서 하는 영화를 한 편 봤다. 화장을 진하게 한 예쁜 여성이 다양한 몸짓을 하며, 자신을 울리는 남자를 향해 두 팔을 내밀었다. 나는 그녀가 우르두어로 하는 말을 이해하지 못했지만 그녀가 지나치게 오버액션을 취한다는 생각을 했다.

그 여자의 행동과 삶은 우리와는 전혀 먼 세계 같았다.

우리 집에서는 모든 것이 간단했다. 답은 이미 나와 있었고, 부모님은 지참금을 준비하셨다. 어머니는 이미 몇 해 전부터 내 결혼에 필요한 자잘한 혼수품들을 장만해 온 터라 새삼스럽게 복잡하게 준비할 것이 없었다. 다만 자잘한 보석들과 속옷 가지들, 그릇과 옷들, 그리고 집기들만 결혼에 맞춰 준비하면 됐다.

아버지는 나를 위해 침대를 맞춰 주셨다. 결혼식 날에는 전통에 따라, 신부는 신랑 쪽에서 사 준 옷을 입게 돼 있었다. 그런 만큼 신부인 나한테 다른 옷은 용납되지 않았다. 우리 고장에서는 신부는 붉은색 옷을 입는다. 그것은 아주 상징적이고, 아주 중요한 일이었다.

하지만 그보다 앞서 결혼식이 있기 며칠 전에 신부는 자신의 머리카락을 두 가닥으로 땋아야 했다. 그리고 결혼 일주일 전, 신랑 측 여자들이 와서 땋은 머리 가닥을 풀어 주고, 일주일 내내 신부에게 음식을 가져다주었다. 나는 이 두 의식의 용처를 알지 못했음에도 불구하고, 남들처럼 그 의식을 따랐다. 그런 연유로 결혼식 날 내 머리카락은 전부 컬이 져 있었다.

뒤이어 멘디(mehndi)라는, 헤나 문신을 새기는 의식이 따랐다. 장차 내 가족이 될 여자들이 직접 나서서 내 손바닥과 발등에 헤나 문신을 한다. 그런 다음 샤워를 하고 옷을 입는다. 품을 부풀린 바지에 커다란 튜닉, 커다란 숄, 모두 붉은색이다. 그 참에, 나는 부르카(burka,이슬람교도 여인의 눈만 내놓는 장옷—역주)도 하게 된다. 나는 외출을 하거나 친척을 만날 때 부르카를 한 적이 있어, 부르카를 하는 데는 익숙했다. 그것을 하고 외출할 때면 집으로부터 멀어지기가 무섭게, 나는 가렸던 얼굴을 내놓고 걷곤 했었다. 그러나 만약 내가 집안사람 누군가를 보게 되면 공경의 표시로 즉시 부르카로 얼굴을 다시 가리곤 했었다.

부르카가 시야를 방해하진 않았다. 왜냐하면 아프가니스탄에서 볼 수 있는 부르카에 난 구멍보다 훨씬 큰 구멍이 나 있기 때문이다. 물론 그리 편하지는 않지만 이곳에서는 결혼 전에 부르카를 착용한다. 하지만 결혼 뒤에는 많은 여성들이 그것을 하지 않는다.

일부다처이셨던 외할아버지는 항상 내게 이런 말씀을 하셨다.

"내 처들은 아무도 너울을 하지 않았었단다."

할아버지가 어떤 마음으로 이 말을 하셨는지 나는 알 수 없었다. 그러나 만약 부인이 너울을 하겠다면 그것은 그녀의 권리였다. 하지만 한 번 시작하면 죽는 날까지 착용해야만 하는 것이 부르카였다.

보통은 이맘(imam, 이슬람교 사원에서 집단 예배를 인도하는 자
—역주)이 멘디 의식이 있는 날이나 혹은 결혼식 날 찾아와 두
사람을 맺어 주었다. 내 경우에는 멘디가 있던 날에 치러졌다.
이맘이 내게 이 남자를 신랑으로 맞아들이겠냐고 물었을 때,
나는 너무나 긴장한 나머지 답변을 하지 못했다. 목에서는 아
무 소리도 나오지 않았다. 그러자 이맘이 채근했다.

"대답을 해야지! 대답을!"

그러나 여전히 목소리가 잠겨 대답이 나오지 않았다. 하는
수 없이 네, 라는 대답 표시로 내 곁에 있던 여자들이 내 머리
를 밀어 흔들어 댈 수밖에 없었다. 덧붙여 그녀들이 말했다.

"이 아이가 소심해서 그러는 거예요. 하지만 네, 라고 대답했
으니, 이제 됐어요."

나는 내심 안도했다. 쌀밥과 고기로 차린 피로연이 있었지만
나는 한 입도 먹지 못했다. 소리가 목에 걸려 나오지 않듯 음식
도 목에 걸려 넘어가지 않았다. 만찬이 끝난 뒤 나는 신랑 쪽에
서 날 데리러 오길 기다려야 했다.

이제 가면 나는 그 집안사람이었다. 철저히 그 집안에 순종
하며, 그 집안의 명예를 위해 나를 죽인 채 살아야 했다. 비단
나 혼자 겪는 일이 아니고, 우리나라 여자라면 당연히 그래야
하는 일인데도 내 마음은 말할 수 없이 슬프고 두려웠다. 그동

안 몇몇 의식들이 거행됐다.

오빠가 내 머리카락에 약간의 기름을 발라 주고, 내 팔목에
는 자수가 놓인 천으로 만든 팔찌를 끼어 줘야 했다. 한 여자가
기름 냄비를 들고 있었다. 오빠는 그 기름을 사용하기 위해 그
녀한테 동전을 집어 줘야 했다. 오빠 뒤를 이어 모든 가족들이
내 머리에 기름을 바르기 위해 그들의 손가락을 기름 냄비 속
에 담갔다.

그 의식이 끝나고서야 남편은 집안으로 들어설 수 있었다.
아직 나는 남편으로서의 그를 만난 적이 없다. 그리고 남편 또
한 내가 부르카를 착용하고 있어 내 얼굴을 보지 못할 것이다.
나는 여동생들은 물론 사촌 자매들과 함께 앉아서 그를 기다렸
다. 그녀들은 작은 지폐 한 장이라도 챙기지 못하는 한 그가 집
안으로 들어서는 것을 방해하는 책임을 지고 있었다. 지폐를
주는 즉시 그는 문을 통과할 수 있었다. 그가 문을 통과하면 내
곁에 앉고, 여동생들이 쟁반에다 우유 한 컵을 챙겨 들고 나와
그에게 건넨다. 그는 우유를 마시고 빈 잔을 내려놓으며, 다시
작은 지폐 한 장을 쟁반 위에 놓아야 한다. 이어서 다시 머리에
기름을 바르는 의식을 재연한다. 하지만 이번에는 다양한 방식
이 도입된다. 그 의식을 담당한 여자가 자기가 들고 있던 기름
냄비 속에 작은 솜 조각들을 담갔다가 꺼내어, 남편의 얼굴에

던지며 외치는 것이다.

"자, 자네를 위한 꽃 선물 받게나."

이어서 그녀는 다른 솜 조각을 내 오른손 안에 쥐어 준다. 나는 남편이 손가락을 펴지 못하도록 힘껏 쥐어야 한다. 일종의 남편의 힘을 가늠하는 테스트다. 만약 그가 내 손가락을 펼치면 나한테는 안 된 일이지만, 그가 이기게 되고, 만약 그가 손가락을 펼치지 못하면, 모든 사람이 그를 조롱하며 웃는다.

"너는 남자도 아냐, 여자의 손도 하나 못 펴니!"

그럴 경우 신랑은 내게 이렇게 묻는 수밖에 없다.

"당신이 원하는 것이 뭐야, 말해 봐."

"내가 손을 펴 주길 원하면 나한테 보석을 하나 선물해야 돼."

그리고 신부는 게임을 다시 시작할 수가 있다. 여자들이 솜을 쥔 그녀의 손을 꼭 쥐어 준 다음, 신랑은 재차 그녀의 손을 펼치려고 시도하게 된다. 보통, 자매들과 사촌 자매들이 신부를 응원하며 소리를 질러 댄다.

"신랑한테 이것 달라고 해. 그리고 저것도 달라고 해."

내가 첫 번째로 손을 쥐었다. 그리고 그는 내 손을 펼치지 못했다. 두 번째 다시 손을 쥐었다. 그는 여전히 손을 펼치지 못했다. 그러자 여자들이 남편에게 야유를 보냈다.

나는 이 의식이 무슨 상징적인 가치를 지녔는지는 모른다.

하지만 신랑이 지게 되어 있는 게임은 아닌지 의심이 든다. 왜냐하면 신랑은 적어도 보석 하나쯤은 신부에게 선물해야 하기 때문이다. 하지만 어쨌거나 그 힘겨루기는 실질적이다. 버티기 위해선 힘이 필요하기 때문이다.

또한 큰오빠를 위해 바치는 노래 의식도 있다. 오빠가 상징적으로 다른 남자에게 여동생을 선물하는 것이기 때문이다. 집안의 젊은 여자들이 아버지 다음으로 사랑하고 존경하는 사람이 바로 큰오빠다.

집안 여자들이 오빠를 위해 무슨 노래를 불렀는지 내 기억이 정확하진 않지만, 혹시 이런 가사가 아니었나 한다.

나는 한없이 멀어 보이는
남쪽을 바라보네
갑자기 멋진 손목시계를 찬
오빠가 나타나
자랑스럽게 걸어가네

어쨌거나 이렇듯 순진한 노래는 요즘 라디오를 통해 흘러나오는 최신 노래들 때문에 머지않아 사라지게 될지도 모른다. 아가씨들은 이런 노래보다 최신 노래들을 즐겨 듣고 부르기 때문이다. 전통이 아무리 완고하다 하더라도 변화하는 시대까지 막을 수는 없는 것이다. 그러니 남자들은 여자들이 글을 배우는 것을 원치 않는다. 글을 배우면 모든 것을 이해하게 될 테고, 여자들은 그간 자신이 얼마나 우둔하게 살아왔는지 깨닫게 될 테니까. 그렇다면 남자들은 여자들을 통제할 방법이 없다. 그러나 어떻든 간에 큰오빠에 대한 존경심과 사랑만큼은 계속 유지될 것이다.

모든 가족들이 만족해했고, 나 또한 그러했다. 왜냐하면 축제였기 때문이다. 하지만 나는 다른 한편으로는 불안했고 슬펐다. 이 의식이 끝나면 거의 20년을 보낸 집에서 떠나야 했기 때문이다. 내 유년의 기억들, 아름다웠던 꿈들, 슬픔들, 기쁨들, 사랑하는 가족들……. 그것들은 이제 빛바랜 추억으로 내 기억 속에 갈무리될 것이고, 어느 순간에는 그저 희미하게 퇴색돼버릴 것이다.

모든 것이 끝났다. 우리 집은 더 이상 우리 집 같은 느낌이 들지 않았다. 갑자기 내 자신이 낯선 손님처럼 여겨졌고, 그 생소한 느낌이 나를 새삼스럽게 슬프게 만들었다. 여자 친구들, 남자 형제들, 자매들, 모든 게 끝이다. 나는 경계선을 넘은 것이다. 그리고 모든 것들은 내 뒤에 남게 될 터였다. 나는 미래가 불안했다.

신랑이 자리에서 일어섰다. 전통에 따라 사촌 자매들은 내 두 팔을 잡아 나를 일으켜 세웠다. 그녀들은 나를 트랙터가 끄는 커다란 마차까지 인도했다. 그리고 오빠가 나를 두 팔로 안아 마차 뒷좌석에 앉혔다.

이걸로 의식이 끝나는 게 아니었다. 이제 신랑의 집에서 나를 맞이하는 의식이 남아 있었다. 신랑이 거주하는 집 앞에는 한 어린 소년이 우리를 기다리고 있다가 신랑의 손을 잡고 안으로 데려가야 했다. 사람들이 내게 버터를 만드는 도구인 만다니(mandhani)를 건넨다. 그런 뒤 이번엔 내가 집 안으로 들어간다. 부르카를 벗는 마지막 전통 의식이 남아 있다. 그것을 군드 콜라비(ghund kholawi)라 일컬었다. 신랑이 자신을 짓궂게 놀려 대는 어린 소녀들에게 한 푼도 주지 않으면 나는 너울을 벗을 수 없었다.

"자, 줘. 어서 줘. 200루피를 주지 않으면 군드를 벗을 수 없어."

"아냐, 아냐. 1,000루피를 주지 않으면 군드를 벗을 수 없어."

소녀들은 얼굴 가득 웃음을 담으며 말했다. 그는 500루피까지 썼다. 500루피. 당시로서는 새끼 염소 한 마리 값에 해당되는 큰돈이었다. 남편은 새끼 염소 한 마리 값을 지불하고서야 비로소 내 얼굴을 볼 수 있었다. 신랑이 내 얼굴을 보고 실망했는지 마음에 들어 했는지 그것은 모른다. 나는 남편에게 그때의 소감을 물어본 적이 없었고, 남편 또한 그때의 마음을 나에게 털어놓은 적도 없었다.

우리가 신방으로 쓸 방에 침대 네 개가 있는 걸로 미루어 보아 우리만 쓰는 게 아닌 모양이었다. 침대 네 개를 보고 내가 불평할 수는 없었다. 이제 모든 것은 그 집의 전통과 사정에 따라야 했으므로 나는 입을 꾹 다물고 지냈다. 그렇게 사흘 밤을 아주버니 댁에서 보낸 뒤 나는 남편의 단칸방 집으로 옮겼다.

그런데 남편은 다시 형 집으로 들어가 살겠다고 고집을 부렸다. 그는 형 없이는 못살겠다고 했다. 불행하게도 아주버니의 부인은 내 꼴을 보고 싶어 하지 않았다. 그녀는 시도 때도 없이 잔소리를 해 대며 내가 손 하나 까딱하지 않는다고 역정을 냈다. 나는 모든 것이 낯선 데다 그녀가 자꾸만 내가 일하는 것을 방해했기 때문에 일을 제대로 할 수가 없었다.

어쨌거나 우리 가족이 작성한 결혼 계약서에는 남편이 우리 집으로 들어와 살기로 명기되어 있었기 때문에, 나는 그 이상하고도 복잡하기 이를 데 없는 결혼식을 치른 뒤 한 달 만에 집으로 돌아와 버린 꼴이 됐다.

남편은 나를 따라 들어오지 않았다. 그는 자기 형과 함께 살겠다며 우리 아버지와 함께 일하길 거절했다. 나는 결혼 서약서에 명기된 사항을 거부하는 남편을 보면서 정말 그가 나를 원하기나 했었는가 하는 의문이 들었다. 더욱이 남편은 별 까탈 부리지 않고 탈라크를 주었다. 그것은 남편이 이혼을 허락함으로써 나를 풀어 준다는 뜻이었다.

나는 그가 준 보석들을 되돌려 줬다. 우리의 전통에 따라 비록 이혼녀라는 곱지 않은 시선을 받긴 했지만 나는 자유인이 됐다. 하지만 다시 얻게 된 자유가 하나도 기쁘지 않았다. 자유를 얻은 만큼 나는 더욱 몸가짐을 조심해야만 했으며 스스로 나를 구속하며 살지 않으면 안 됐던 것이다.

나는 부모님과 함께 살 수밖에 없었다. 불미스런 문제를 야기시키지 않고 여자가 홀로 살기란 불가능했다. 나는 내 밥벌이라도 하는 셈치고 가족 일을 거들었다. 아이들에게는 무상으로 코란을 가르치고, 마을 여자들에게는 자수를 가르쳤다. 내가 그 같은 일련의 일들을 통해 다시 행복을 되찾고 공동체에서 다시금 존경도 받게 되면서, 내 삶은 비로소 평온해졌다.

저주스러운 그날, 6월 22일 전까지는 그랬다.

지르가가 주관하는 부족 재판 시스템은 종교와 헌법 간의 양립 불능 상태로 조상 대대로 내려오는 관습이었다. 그런데 정부가 도지사와 경찰들에게 명예 범죄와 연루된 사건을 수사할 때는, 의무적으로 초등 수사 정보 보고서란 것을 작성해 둘 것을 지시했다. 하지만 이러한 정부의 지시에 대해 지역 유지들과 관련된 경찰은 물론, 지르가를 통해 자신들의 권력을 과시하는 사람들의 반발이 가장 컸다. 그 조치는 범죄자들이 지르가의 평결 뒤에 숨어서 파렴치한 사건이나 혹은 피를 부른 범죄를 정당화하는 일이 생기지 않도록 하기 위해 예방적 차원에서 마련된 것으로, 정부 역시 지르가 회의에서 빚어지는 사건들의 부작용을 알고 있었던 것이다.

그런데 나는 아무것도 씌어 있지 않은 백지 상태의 초등 수사 정보에 사인을 한 것이다. 이를 토대로 지역 경찰은 자기 입맛대로 내 고소장을 작성했다. 경찰이라 할지라도 그 지역의 지배계급과 시비가 붙는 일은 피하고 싶을 것이다. 하긴 백지에다 서명한 사람은 나만이 아니었다. 많은 사람들이 그들이 내민 백지에 지장을 찍었다.

그것이 남자들의 비겁함이요, 부당함이다. 가족 간의 시시비비를 해결하기 위해 마을 자문 회의에 참석하는 사람들은 짐승 같은 양심 불량자들이 아니라, 사리를 분별할 줄 아는 자들로 인식되는 사람들이다. 하지만 내 사건의 경우, 오로지 폭력과 복수의 욕망에만 사로잡힌 한 젊은이가 자신의 계급만 믿고 오만 방자하게 굴며 다른 사람을 부추겨 일으킨 범죄에 해당했다. 그들 가운데 사리가 있고, 나이가 지긋한 사람들은 소수에 불과했다.

아주 먼 옛날부터 여자들은 회의에서 배제되어 왔다. 하지만 여성들은 어머니의 역할, 할머니의 역할, 일상적인 관리자 역할을 통해 가족 간의 문제를 훨씬 더 잘 파악하고 있고, 원만한 해결책도 알고 있다. 그러나 그 현명한 판단력은 마을 부족 회의에 있어서는 아무 쓸모가 없다. 여성들의 현명함과 똑똑함에 대한 남자들의 경멸이 여자들을 격리시키는 것이다.

나는 감히 마을 회의가 언젠가는 여자들을 수용할 것이라는 꿈도 꾸어 본다. 그게 아주 먼 미래가 될 지라도 말이다. 그들은 언제까지나 여자들의 현명함을 모른 척하지는 못할 것이다.

설상가상으로 여자는 남자들 간의 다툼을 해결하는 교환 물품처럼 이용되고 있다. 여자는 그 어떤 부당한 처벌이라도 참고 견뎌야 했다. 처벌은 항상 똑같다. 우리 파키스탄 사회에서는 여자는 남자들의 명예를 위해 곧잘 활용되고 있는 것이다. 성(性)은 터부시되는 반면 성을 통해 그 해결의 실마리를 찾는 것이다. 이를테면 남자들은 분쟁의 해결책을 상대 집안의 여자들과의 강제 결혼이나 강간을 통해 찾는다. 그러한 행위는 코란이 우리에게 가르치고 있지도 않다.

만약 아버지나 삼촌이 나를 마스토이 남자에게 혼인시키려 했다면, 내 삶은 지옥이나 다름없었을 것이다. 그런 식으로 문제를 해결함으로써 피가 섞이고, 카스트 간이나 부족 간의 마찰이 줄어들 것이라는 계산이 깔려 있지만 당사자인 여성은 모멸과 학대로부터 서서히 죽어 갈 뿐이다. 그랬다. 그럴듯한 발상에 비해 현실은 전혀 달랐다. 해결을 위해 상대에게 바쳐진 신부는 다른 여자들로부터 가혹한 학대를 받거나, 배척을 당해 노예로 전락해 버렸다. 더욱 심각한 것은, 일부 여자들은 두 이웃 간에 생긴 하찮은 질투심이나 물질적인 분쟁 때문에 겁탈을 당해야 했다. 그녀들이 사건을 재판에 회부할 때면 사람들은 그녀들이 서방질을 했거나 혹은 그녀들 스스로 부절적한 관계에 불을 지폈다고 비난을 퍼부었다.

그런데 우리 가족은 대다수 사람들과 달랐다. 나는 펀자브 지방의 구자르 계급에 대한 이야기를 잘 모른다. 우리 부족이 어디서 왔는지 그 유래에 대해서도 알지 못한다. 인도와 파키스탄 사이에서 분리되기 전에 그들의 전통과 관습으로 어떤 것들이 있었는지에 대해서는 더더욱 아는 게 없다.

우리 공동체는 전사들인 동시에 농부들이다. 공식 언어가 우르두어이지만, 우리는 펀자브 남부에서 집중적으로 사용되는 소수 방언인 사라이키어를 사용한다. 글을 깨우친 많은 파키스

탄 사람들은 영어를 쓴다. 그러나 나는 영어도, 우르두어도 하
지 못한다.

나셈은 이제 내 친구가 됐다. 그녀는 내 모든 것을 꿰뚫고 있
었다. 나는 아직도 남자들을 두려워하고 그들을 조심스러워 하
지만 나셈은 남자들을 겁내지 않았다. 어쩌면 그 당당함은 그
녀가 꾸준히 해 온 공부에서 비롯될 것이다.

그러나 여자애들을 공부시켜야 한다는 필요성, 즉 그녀들에
게 문맹에서 벗어나 바깥세상과 소통할 수 있는 기회를 제공할
필요성이 있다는 것 말고도, 내가 깨닫게 된 가장 중요한 것은
한 인간으로서 나 스스로에 대해 깨닫게 된 것이었다. 여자로
서 내 스스로를 존중하며 살아가는 법을 나는 배웠다.

여태까지 나의 반항은 본능적인 것이었다. 나는 생존을 위
해, 그리고 협박받는 내 가족을 위해 행동했다. 내 속에 있는
무언가가 가만히 앉아서 그들에게 짓밟히는 것을 용납하지 않
았다. 그렇지 않았다면 자살의 유혹에 굴복하고 말았을 터였다.

사람들은 어떻게 치욕을 이겨 낼까? 사람들은 어떻게 절망
을 극복할까? 맨 먼저 하는 것은 화를 내는 것이다. 본능적인
복수심이 강렬한 죽음의 유혹을 극복하게 하는 것이다. 그것이
바로 건강을 되찾게 하고, 걷게 하고, 행동하게 하는 원동력이

다. 천둥 번개에 꺾인 밀 이삭 하나는 다시 고개를 쳐들거나, 혹은 발밑에서 썩는다.

나는 고개를 쳐드는 밀 이삭처럼 다행스럽게도 초기에 스스로 일어섰다. 그리고 차츰 한 인간으로서 나를 의식하면서, 나의 합당한 권리에 대해서도 인식하게 됐다. 나는 신을 믿는다. 나는 우리 마을을 사랑한다. 펀자브와 우리나라도 사랑한다. 그래서 나는 이 나라를 위해, 겁탈당한 모든 여성들을 위해, 새로운 젊은 아가씨들을 위해, 다른 신분으로 거듭나고 싶다. 미디어들이 나를 여성 운동가 취급하고 있지만, 나는 사실상 여성 운동가는 아니다. 그런데 나는 어쩔 수 없는 경험을 통해 여성 운동가로 태어났다. 왜냐하면 남성들이 군림하는 세상에서 하찮은 여성인 내가 생존자로 살아남았기 때문이다. 그렇다고 남자들을 경멸하지는 않는다. 그것은 존중 속에서 점진적인 진보를 이루려는 해결책이 아니기 때문이다.

필요한 것은 남자들을 동등하게 대하며 그들을 이길 수 있도록 시도하는 것이다.

미르왈라에서 보낸 시간

우리 마을은 무자파르나가르의 관할구역인 인더스 평야지대 내의 서 펀자브 남쪽에 위치한 외진 곳이라 지금까지는 세상에 알려지지 않았던 곳이다. 관할 경찰서는 5킬로미터 떨어진 자 토이였고, 가장 가까운 도시는 자동차로 대략 3시간 거리에 있 는 데라 가지 칸 시와 물탕 시가 있다. 도로는 언제나 과적한 트럭들과 오토바이들, 그리고 짐을 잔뜩 실은 마차들로 붐볐 다. 마을 현장에는 가게는 물론 학교도 없었다.

무크타르 마이 학교 설립은 주민들의 호기심을 부추겼다. 초 기에는 의혹에 찬 시선으로 학교와 나를 바라보았다. 학생은 고작해야 몇 명밖에 없었다. 나셈의 도움을 받아 집집마다 방문하며, 딸들을 학교에 보내 달라고 설득해야만 했다. 문전 박대를 하진 않았지만 아버지들은 여자는 집안일을 하기 위해 태어난 것이지, 공부를 하기 위해 태어난 것이 아니라고 거절했다. 반면 아들들은 배울 수 있는 기회가 더 많아졌다. 밭에서 일하지 않는 아들들은 오래전부터 다른 마을에 있는 학교에 다니고 있었다. 그러나 어느 누구도 아들들을 향해 학교에 가라고 내몰진 않았다.

우리는 외교적으로 문제를 해결하기로 하고, 많은 시간을 들였다. 물론 영향력을 가진 마스토이 가족을 찾아가 의논하고 싶은 생각은 추호도 없었다. 그들이 생각하기에는 순전히 내 잘못 탓에 그들의 장남이 감옥에 수감되어 있는 것이다. 때문에 경찰이 언젠가 내 보호 경비를 푸는 날에, 그들은 즉시 때를 놓치지 않고 나를 노릴 것이다. 그들은 사람들에게 나와 내 가족에게 복수하겠노라, 선전포고를 할 것이다. 그런 마스토이들에게 부탁하다니! 차라리 내 발이 닳도록 집집마다 방문해 아버지들을 설득하는 편이 더 나을 것이다.

초기 학교 설립 비용은 우리 수중에 있는 돈에 맞춰 단순하게 진행됐다. 학교 집기들은 추후에 들여놓기로 했다. 그런 탓에 어쩔 수 없이 가장 어린 학생들 일부는 땅바닥에 앉힐 수밖에 없었고, 나는 그것이 못내 아쉬웠다. 그나마 다행인 점은 내가 커다란 선풍기를 들여놓는 데 성공했기 때문에 아이들이 더위와 파리들로부터 벗어날 수 있었다.

처음에는 여선생 한 명밖에 없었다. 그러나 2004년 〈뉴욕 타임스〉에 실린 니콜라스 D. 크리스토프의 기사 덕분에 이슬라마바드 주재 캐나다의 고등판무관인 마가렛트 후버 여사의 관심을 끌게 됐다.

캐나다는 1947년부터 교육, 건강, 그리고 훌륭한 통치 분야에 대해 파키스탄과 공조하고 있었다. 정치 체제의 변동에도 불구하고 캐나다의 공조에는 금이 가지 않았으며, 파키스탄 지역에 NGO 요원들을 파견해 여러 가지 도움을 주고 있었다. 우리나라의 발전을 돕기 위해 캐나다는 수백만 달러를 쏟아 붓고 있었다.

감사하게도 SPO 요원이 학교 상황을 살피기 위해 미르왈라를 방문했다. 그의 이름은 무스타파 발로시였다. 그리고 2005년 초에는 고등판무관 마가렛트 후버 여사가 기자들에게 둘러싸인 채 마을까지 방문해서 학교 기금으로 캐나다가 기부한 220만 루피를 내게 전달했다. 여성들의 권리와 평등권을 향상시키기 위해 내가 벌인 투쟁과 용기를 여사는 치하했다. 뿐만 아니라 정의의 심판은 물론이고 교육을 위해 삶을 바치겠다는 내 의지를 높이 샀다.

내겐 이미 파키스탄 정부로부터 받아 놓은 50만 루피와 미국에서 전달된 사적인 기부금이 있었다. 내 학교는 더 이상 나무 밑에 있지 않았다. 버젓이 지붕이 있는 튼튼한 건물을 학교로 사용하게 되었다. 게다가 캐나다 단체인 시다(CIDA)[5]의 기금으로 나는 다섯 명의 교사들에게 1년 동안 월급을 지불하고, 이사장실과 작은 도서관을 마련했으며, 여자 아이들이 공부하는 곳에서 조금 떨어진 곳에다 두 개의 교실을 지어 남자 아이들까지 받아들였다. 돈을 절약하기 위해 나는 직접 목재를 구입하고 책상과 의자들을 제작할 목수를 고용했다. 그러고 난 뒤, 기부금과 별도로 규칙적인 수입원을 마련하기 위해 염소와 소들을 키우기 위한 우리를 지었다. 해외 기부금이 영원히 지속될 수는 없기 때문이었다. 나는 이미 사십 명에서 사십오 명가량의 여학생을 확보했다. 수업은 여학생이건 남학생이건 모두에게 무상으로 이루어졌다.

2005년 연말에 이르러, 나는 그간 이뤄 낸 성과에 조금은 뿌듯해졌다. 백육십 명의 남학생과 이백 명이 넘는 여학생들이 학교를 다니고 있었다. 여자 아이들을 위해 내가 해내고만 것이다! 학교가 없었다면 이백 명이 넘는 여자 아이들은 자신의

---

5) 캐나다 국제 발전 협회(Canadian International Development Agency)

어머니들이 그래 왔던 것처럼 밥을 짓거나 빨래를 하는 것이 고작이었을 것이다. 글을 읽고 쓰지 못하는 것은 물론 자신이 누구인지조차 모른 채 부모가 정해 준 남자와 결혼해서는 숨죽여 살았을 것이다.

그러나 아직 그 아이들을 규칙적으로 학교 수업에 보내 달라고 부모들을 설득하는 작업이 남아 있었다. 부모들은 툭하면 아이들에게 집안일을 맡기느라 결석시키기 일쑤였다. 특히 큰 아이들이 더 심했다. 그래서 우리가 생각해 낸 것이 개근상 제도였다. 단 한 번도 수업을 빠지지 않고 출석한 남학생과 여학생에게 학기가 끝나는 연말에 상을 주기로 했다. 여학생들에게는 염소 한 마리, 남학생들에게는 자전거 한 대를 부상으로 줄 계획을 세웠다.

나는 요사이 작은 거처를 하나 마련했다. 내가 태어나서 여태까지 살고 있는 부모님의 옛집을 꾸며 만든 것이다. 넓은 마당이 있고, 그 너머로 여자 아이들의 전용 방이 있었다. 지금은 지붕이 없는 커다란 안마당 하나와 네 개의 여학생 교실이 있었다.

학교에는 여학생을 지도하는 교사 다섯 명과, 남학생을 지도하는 교사 한 명이 있었다. 여학생을 지도하는 교사의 월급은 지원금으로 충당했고, 남학생을 가르치는 교사는 국가에서 지급했다. 어쩌면 언젠가는 여학생들을 지도하는 교사들의 월급 또한 국가가 지급할지도 모른다. 그것은 희망사항이었다.

우리에게 공간은 작지만 쓰기에는 충분한 사무실도 생겼다. 그 사무실에는 서재도 딸려 있었다. 나는 그곳에다 중요한 문서와 교재, 출석부를 보관했다. 바깥에는 모든 사람들이 사용할 수 있도록 음수대와 남자 전용 화장실을 설치했다. 또한 마당에는 청소할 때와 집안일을 할 때 사용할 수 있도록 수도를 설치했다.

교장은 나셈이, 건축과 조직을 위한 기술자문위원은 무스타파 발로시가 맡았다. 왜냐하면 시다가 정기적으로 공사 현황을 확인했기 때문이다. 모든 것이 제대로 가동되고 있었다. 나는 사탕수수 밭과 밀밭, 그리고 대추야자 나무들 사이에 들어선 우리 지역의 유일무이한 여학교의 이사장이 됐다.

쭉 뻗은 흙길 끝부분에 마을이 자리 잡고 있었다. 내 사무실에서 모스크가 보였다. 그리고 집 뒤쪽에 있는 염소 우리를 지나면 마스토이들의 농장이 보였다. 그들의 자녀들도 학교에 다니고 있었다. 나는 마스토이들로부터 직접적으로 협박을 받지는 않았다. 학교는 고요하고 잠잠하다. 불안한 가운데 평화가 지속되고 있었다.

여러 부족의 아이들이 학교에 나왔다. 이들 중에는 최상 계급과 최하 계급 부족도 있다. 하지만 그들 나이에는 어떤 불화의 불씨도 보이지 않았다. 특히 여자 아이들은 아무런 문제가 없었다. 나는 아이들이 불평하는 소리를 듣지 못했다. 남학생 교실은 내 작은 거처에서 떨어져 있었다. 오다가다 서로 부딪치는 일이 없도록 하기 위한 배려였다.

나는 매일같이 아이들이 안마당에서 교과서를 외우고, 뛰어놀고, 토론하고, 웃어 대는 소리를 듣는다. 그 모든 목소리들은 내게 용기를 북돋워 주고, 내 희망의 자양분이 되어 준다. 그래서일까? 요즘 내 삶에 의미가 생겼다. 이 학교가 존속되어야 하기 때문에 나는 지속적으로 학교를 위해 싸울 것이다.

나는 몇 해 뒤에는 이 어린 여자 아이들한테도 교육에 대한 충분한 개념이 생겨, 지금과는 다른 자신들의 삶을 꾸려 나갈 수 있기를 기원했다. 왜냐하면 내 사건으로 인해 우리 마을이 세계에 알려진 이후에도 여전히 끔찍한 여성 학대는 멈추지 않고 있기 때문이다. 파키스탄에서는 매 시간마다 한 명의 여자가 강간을 당하고, 매질을 당하고, 초산으로 화형을 당한다. 그리고 그 진실이 의심스러운, '우연찮게' 터지는 가스통 폭발로 죽는다.

파키스탄 인권위원회가 조사한 바에 의하면 지난 6개월간 펀자브 지방에서만 150건의 강간이 발생했다고 한다. 나는 도움을 구하기 위해 날 찾아오는 여성들을 맞느라 분주했다. 그들 사이에서 나는 이미 유명 인사가 되어 있었던 탓에 그들은 나에게 자신들의 억울함과 부당함을 호소했다. 나셈은 그녀들에게 법적인 문제를 자문해 주며 절대로 증인 없이는 임의로 작성된 진술서에 사인하지 말 것과, 여성 보호 단체에 도움을 요청하라는 당부를 했다.

나셈은 또한 언론에 실린 몇몇 사건들을 내게 알려 주기도 했다. 나도 읽기를 배우는 중이고, 늦게나마 다행스럽게 내 이름으로 서명하거나, 혹은 짧은 글 정도는 쓸 줄 알았지만 나셈보다 빨리 읽는 것이 서툴렀기 때문이다.

나셈은 분노에 찬 표정으로 사건들을 이야기했다.

"스물여섯 살 먹은 자프랑 비비라는 젊은 여자는 자기 아주버니에게 강간을 당해 임신을 했다. 그녀는 아이가 생긴 것을 부정하지 않았고 2002년 돌팔매질로 쳐 죽이라는 선고를 받았다. 왜냐하면 아이가 지나—불륜 범죄—의 증거이기 때문이라 했다. 하지만 강간범은 근심 없이 발을 뻗고 잤다. 그녀는 파키스탄 북서부에 있는 코아트에 수감되어 있으며, 그녀의 남편은 석방을 요구하며 정기적으로 그녀를 방문하고 있다. 그녀는 돌팔매질을 당하지는 않겠지만, 수년을 감옥에서 보내야 될 것이다. 그와 반대로 그녀의 강간범은 법의 보호를 받고 있다."

나셈은 또 다른 이야기도 해 주었다.

"한 젊은 여자가 사랑에 빠져 결혼을 했다. 자기 가족은 물론이고 자기에게 정해진 약혼자 가족의 위협을 무릅쓰고, 그녀는 사랑하는 남자와 결혼을 결심한 것이다. 그러자 약혼자의 가족은 그녀를 '못 배워 처먹은 여자'로 치부했다. 그리고 그녀의 두 오빠는 가족회의 중에 가족의 명예를 더럽혔다며 그녀의 남편을 살해해 버렸다."

나셈은 길게 한숨을 내쉬었다.

그 어떤 여자에게도 사랑을 하거나, 자신이 바라는 남자와 혼인할 권리는 없다. 지체 높은 집안에서조차도 여자들은 부모의 선택을 존중해야 할 의무가 있다. 설령 그 선택이 그녀들이 태어나기 이전에 이루어진 것이라 할지라도, 그것은 결혼 당사자인 그녀가 거부할 사유가 되지 못했다.

최근 몇 년 동안 젊은 여성들이 연애결혼을 하려 했다는 이유로 지르가에 의해 처벌을 받았다. 이슬람 국법은 그녀들의 연애결혼을 엄연히 허락하고 있는데도 말이다. 그러나 공무원들은 그녀들을 보호하는 대신, 부족법의 편을 들었다. 게다가 '명예가 실추된' 가족 측에서 으레 하는 말이, 연애결혼한 신랑이 자기 딸을 강간했다고 주장하고 나섰다.

그 한 예가 파엠무댕과 하지라의 사건이었다. 무하지르 계급의 파엠무댕과 망자이 계급의 하지라는 연인 관계에 있었고, 둘은 가족의 반대를 무릅쓰고 결혼을 감행했다. 그런데 하지라의 아버지는 둘의 결혼을 허락하지 않았다. 하지라의 아버지는 신랑을 강간범으로 고소하게 되었고, 이들은 곧 체포되고 말았다. 하지만 남편의 재판장에 서게 된 하지라는 자신이 강간을 당한 것이 아니라 자신이 동의한 일이라고 밝혔다. 법정은 그녀를 여성 보호 센터로 보내 그녀의 운명을 결정짓게 했다.

이들이 법정으로부터 정당한 판결을 쟁취한 뒤, 히데라바드에 있는 고등법원을 자유의 몸으로 나서던 바로 그날, 하지라의 아버지와 남자 형제, 그리고 삼촌과 그 밖의 사람들로 구성된 한 무리의 남자들이 그들 부부 앞에 불쑥 나타났다. 파엠무댕과 하지라가 릭샤를 타고 도망치려 했으나, 둘 다 살해당하고 말았다. 가족의 명예를 위한다는 미명으로 그들은 딸의 목숨도 하찮게 여겼다.

종교가 다른 사람들끼리의 결혼은 아주 드물었다. 그러나 나셈은 내게 기독교 신자인 한 여성이 이슬람교도인 남자와 결혼한 뒤 개종한 이야기를 들려줬다. 그녀는 남편에게서 마리아라는 딸을 하나 얻었다. 그 아이가 열일곱 살의 사춘기 아가씨로 성장한 어느 날, 집안의 삼촌 한 분이 그녀의 집을 찾아와 숙모가 아프다며 마리아에게 도움을 청했다. 그 뒤 마리아는 종적을 감춰 버렸다. 그녀의 어머니가 딸을 찾아 이리저리 헤맸지만 헛수고였다.

사춘기의 여자 아이는 자신이 왜 수감자 신세가 됐는지 원인도 모른 채 늙은 여인이 주는 밥으로 끼니를 때우며 수개월 동안 방 안에서 갇혀 지내게 되었다. 결국에는 무장한 남자들이 성직자 한 분을 대동한 채 나타나, 강제로 그녀에게 두 문서에다 사인을 하게 만들었다. 하나는 결혼 문서였고, 다른 하나는 그녀가 개종을 했다는 문서였다.

마리아는 칼솜이란 세례명으로 거듭났다. 이어 그녀는 남편의 집으로 인도됐다. 그자는 그녀를 납치하기 위해 2만 루피를 지불한 이슬람 극렬분자였다. 그곳은 그녀에게는 또 다른 감옥이었다. 그녀가 기독교 신자였다는 이유 때문에, 집안의 모든 여자들이 그녀를 감시하고, 학대하고, 모욕했다.

불쌍한 젊은 여인은 아이를 하나 얻은 후, 처음으로 도망을 시도했다가 흠씬 두들겨 맞았다. 그녀는 또다시 임신한 몸으로 꼭 닫히지 않은 문틈을 이용해 3년 동안 옥살이를 한 그곳을 도망쳐 나와, 어머니의 집으로 피신하는 데 성공했다. 그런데 그녀의 남편은 이혼을 거절한 채 아이의 양육권을 주장하고 나섰다.

마리아는 숨어 살아야 했다. 왜냐하면 이혼 전문 변호사가 남편과 종교가 다르다는 이유로 사건 수임을 거절했기 때문이었다. 그 변호사는 사건에서 손을 떼기 전에, 그 남자의 가족은 세도가라며 어머니와 딸에게 조심할 것을 당부했다. 그녀들은 위험에 처해 있었다. 남편은 사람들을 돈 주고 사서 그녀를 납치했던 사람이었다. 그가 할 수 있는 일이란 뻔했다. 그녀의 은신처를 찾아 다시 그녀를 데려 가거나 명예 범죄를 저지르는 것이다.

이 젊은 아가씨의 사건은 종교가 다른 가족끼리의 결혼으로 이슈가 됐다. 그녀의 이야기는 신문에 실렸다. 인권위원회의 보고서에 따르면 이백이십육 명의 파키스탄 어린 소녀들이 위와 같은 똑같은 상황에서 납치되어 강제 결혼을 한다고 한다. 그녀들은 미성년자였다. 가족들은 소녀가 처음으로 거절 의사를 밝히기가 무섭게, 발 벗고 나서서 모든 일을 정상으로 되돌려 놓는다. 거절 의사는 명예와 관련된 것이라고 생각하기 때문이며, 살인 사건을 부르는 분쟁의 불씨를 댕기기 때문이다. 이어 당사자 가족들은 문제 해결을 위해 지르가를 찾아가게 된다. 쌍방에 죽는 사람이 생길 때면 보상은 루피로 하든지, 지르가의 결정에 따라 한 명, 혹은 두 명의 여자로 보상하게 된다.

나셈의 말에 따르면 우리는 염소는 물론이고, 남자들이 너무 낡아 더 이상 신지 못하고 버리는 헌 신발보다도 못한 존재라고 했다. 그랬다. 남자들은 신발이 낡으면 아무 거리낌 없이 내

던져 버리고 새 신발로 바꿔 신으면 그만이다. 하지만 우리는 버려진 신발보다도 못하다.

지르가가 살인 사건을 해결하기 위해 내린 평결 가운데는 열한 살짜리와 여섯 살짜리의 두 어린 딸을 희생자 가족에게 주라는 경우도 있었다. 지르가의 평결에 따라 열한 살짜리 아이는 마흔여섯 살 된 남자와 결혼시켰고, 여섯 살짜리 작은 아이는 희생자의 남동생인 여덟 살짜리와 결혼을 시켰다. 두 가족은 그렇게 거래를 성사시킨 것이다. 물론 그 거래는 바보 같은 살인 사건의 결과물이었다. 사소한 문제가 살인 사건으로까지 이어진 그 사건의 시작은 개 때문에 비롯되었다고 했다. 한집 안에서 기르고 있던 개가 지나치게 짖어 대자 불만을 품은 이웃이 이를 나무랐고, 급기야 분쟁으로 이어졌던 것이다.

지르가의 배심원들이 마을에서 발생하는 살인적인 분노를 잠재우기 위해 자주 써먹는 수법은 한 명이나, 혹은 두 명의 딸을 상대 집안과 결혼시킴으로써 적대 관계인 두 집안을 사돈 지간으로 재구성하는 것이었다. 그들은 이 방법이 가장 나은 것으로 여겼다.

그런데 지르가의 평결은 거래의 결과물에 불과하다. 그 모임은 화해를 시키는 역할을 한다. 그래서 그 모임은 쌍방 간에 분쟁을 해결하겠다는 합의가 있어야 열리게 돼 있으며, 판결을 내리기 위한 것이 아니다. 즉 판결을 내리는 곳이 아니라는 말이다. 더욱이 지르가에서는 '눈은 눈으로'라는 시스템을 표방했다. 만약 어떤 부족이 두 남자를 죽였다면, 다른 부족도 두 남자를 죽일 권한을 부여받게 되는 것이다. 또 한 여자가 강간을 당했다면, 앙갚음으로 그녀의 아버지나, 남자 형제에게 상대 부족 가운데 여자 한 명을 강간할 권리가 생기는 것이다.

많은 분쟁 가운데 남자들의 명예 문제로 불거지지 않은 다툼들은 대개 금전적으로 해결이 됐다. 물론 살인 사건까지도 얼마든지 금전으로 해결을 볼 수 있었다. 그렇게 함으로써 경찰과 정식 재판 기관들은 골치 아픈 수많은 자료로부터 벗어날 수 있었다. 부족 간의 오래 묵은 땅 분쟁이 부족 회의 앞에서는 단순한 명예 사건으로 변질되어 아주 간단하게 처리되는가 하면, 심지어는 한 푼도 보상하지 않아도 되었다. 그런 경우는 드문 일이 아니었다. 어쩌면 내가 바로 그 증거였다.

여자들에게 있어 심각한 문제는 사람들이 그녀들에게 아무것도 알려 주지 않는다는 데 있었다. 그녀들은 자문 회의에 끼지 못했다. 마을 회의에는 남자들만이 모일 수 있었다. 여자가 분쟁의 불씨이든, 아니면 보상품으로 이용되든지 간에, 여자는 원칙적으로 회의에서 배제되었다. 사람들이 어느 날 당사자인 여자에게, 그녀를 어느 가정에 '주어 버렸노라'고 통보를 하거나, 혹은 내 경우처럼 이러이러한 가정에 가서 용서를 구해야 된다고 일방적인 통보를 해 줄 뿐이다. 그러면 여자들은 말없이 회의의 결정을 따라야 했다.

나셈의 말처럼, 마을의 비극과 분쟁이 생기면 헌법을 존중해 일을 해결해야 됐지만, 마을 자문 회의는 이를 무시한 채 매듭을 풀러 나섰다가 오히려 매듭만 더 꼬이게 만드는 형국을 만들었다. 이 상황에서 여자들의 인권이란 아예 생각조차 할 수 없었다.

내가 2년째 물탕 시의 상고 재판소로부터 판결이 내려지기를 기다고 있던 2005년에는 또 다른 사건 하나가 신문들의 일면을 장식했다. 그 사건은 내 사건과는 판이하게 내용이 달랐지만, 뉴스 해설자들은 서슴없이 내 사건과 연결 지어 떠들어 댔다.

사지아 박사는 발뤼시스탕 지방에 있는 공기업인 파키스탄 석유유한회사(Pakistan Petroleum Limited)에서 근무하는 서른 두 살 먹은 교양 있는 여인이었다. 결혼한 그녀는 한 가정의 어머니였다. 사건이 터진 1월 2일, 남편은 해외 체류 중이었고, 그녀는 집에 혼자 있었다. 사택은 문단속이 잘 되어 있었으며 여느 때처럼 군이 경비를 섰다. 왜냐하면 PPL의 개발 구역은 아주 외딴 부족 지역에 있었기 때문이었다. 누가 봐도 보안이 잘 된 곳이었고, 게다가 그녀는 박사였다.

그녀는 곤하게 자고 있었다. 그런데 한 남자가 그녀의 방으로 침입해서는 그녀를 강간했다. 그녀는 자신이 겪은 이야기를 직접 증언했다.

"그 남자가 머리채를 쥐고 절 끌고 갔고, 전 발버둥을 쳤습니다. 전 살려 달라고 소리를 질렀습니다. 그러나 아무도 오지 않았습니다. 전화통을 잡으려고 시도하다 수화기로 머리를 두들겨 맞았습니다. 그 남자는 전화선으로 절 목 졸라 죽이려 했습니다. 저는 그에게 애걸복걸하며 제발 살려 달라고 매달렸습니다. 내가 당신한테 잘못한 게 없는데 왜 나한테 이러냐고 물었습니다. 그러자 그가 그러더군요. 조용히 입 닥치고 있으라고. 밖에 등유통 20리터짜리를 들고 있는 사람이 있으니까 내가 입 닥치고 조용히 있지 않으면, 날 불 질러 태워 죽일 거라고.

그자는 절 겁탈했습니다. 이어 내 스카프로 눈을 가리고는 총개머리로 절 두들겨 팬 뒤, 또다시 겁탈했습니다. 그런 뒤 전화선으로 제 손목을 묶고, 저에게 담요를 뒤집어씌운 채 한참 동안 텔레비전 시청까지 했습니다. 영어 방송 소리가 들렸습니다."

의식을 잃었던 사지아 박사는 정신을 차린 뒤 손목을 풀고, 필사적으로 도망쳐 한 여자 간호사 거처로 피신하는 데 성공했다.

"저는 말문을 열 수가 없었습니다. 금세 상황을 깨달았으니다. PPL 소속 의사들이 왔습니다. 저는 그들이 내 상처를 치료해 주길 기대했지만 그들은 손도 까닥하지 않았습니다. 그 반대였습니다. 그들은 제게 안정제를 먹이고, 저에게 가족과 접촉을 하지 않는 게 좋다는 충고를 했습니다. 그리고는 저를 아무도 모르게 비행기에 태워 카라치에 있는 정신병원으로 후송해 버렸습니다. 우여곡절 끝에 저는 남자 형제에게 사건을 알렸고 경찰은 1월 9일, 제 고소장을 접수시켰습니다. 군 보안사 측에서는 제게 범인을 48시간 내에 잡아들이겠다고 장담을 했습니다.

사람들은 저와 남편을 다른 집으로 옮겼습니다. 그리고 바깥 출입을 금지했습니다. 사장이 텔레비전에 나와 제 목숨이 위험하다고 하더군요. 설상가상으로, 남편의 할아버지는 제가 집안의 카리(Kari)—홈—이니 남편이 저와 이혼을 하고, 저를 집안에서 내쳐야 한다는 황당한 주장을 하고 계십니다.

저는 사람들이 절 죽일 거라 믿었습니다. 저는 자살을 시도하려 했습니다. 그러나 남편과 아들이 만류했습니다. 사건을 더 이상 키우고 싶어 하지 않는다는 신고서에다, 저 보고 사인을 하라는 강한 압박이 가해졌습니다. 그것은 제가 공공기관들로부터 도움을 이미 받았기 때문이라 했습니다. 사람들은 제가 그 신고서에다 사인을 하지 않으면 저와 남편은 분명 살해될 것이라 했습니다. 우리나라를 떠나고, PPL 측에 피해 보상을 요구하지 않는 게 낫다고 했습니다. 왜냐하면 우리가 수많은 난관에 봉착하게 될 것이기 때문이라 했습니다. 또한 복지 단체나 인권 보호 단체와 연락을 취하지 않는 것이 좋다고 단단히 충고도 했습니다."

사지아 박사는 흥분해서 사건의 경위를 설명했다. 그녀는 박사였다. 나처럼 일자무식이 아니라 박사였던 것이다. 그런데 그녀처럼 똑똑한 여자도 언제든지 당할 수 있다니! 나는 그저 씁쓸하기만 했다.

사건은 발뤼시스탕 지역에 반향을 불러일으켰다. 그곳 노동자들이 자신들의 지역에서 이루어지는 가스 개발에 적대감을 드러내며 정규적으로 시위를 벌였다. 사지아 박사를 겁탈한 범인이 군인이라는 소문이 파다하게 퍼지면서, 노동자들이 그 구역 군부대를 습격했다고 했다. 게다가 사람들의 말에 따르면 열다섯 명가량의 사망자가 발생하고, 가스 시설이 손상됐다고도 했다.

사지아 박사는 영국 어디론가 유배되어, 특히 엄격하기로 소문난 파키스탄 공동체 내에서 거주하고 있다. 그녀는 그곳을 불편해하고 있으며, 남편이 그녀를 돌보고 있다. 하지만 그들을 가장 슬프게 하는 것은 아들을 파키스탄에 떼 놓고 올 수밖에 없었던 것이었다. 아들은 그들과 함께 떠날 수 있는 출국 허가를 받지 못했다. 그들은 삶과 조국과 가족을 빼앗겼다. 자랑스럽고 든든한 버팀목이 되어 주어야 할 조국이 그들을 내친 것이다. 그들은 조국을 위해 헌신한 것밖에는 없다고 생각했다. 하지만 지금은 조국을 원망하고 있었다. 지금 당장 그들의 유일한 희망은 가족들이 거주하고 있는 캐나다로의 이민을 허락해 주길 기대해 보는 것이다. 이 사실을 접하자마자 항상 그렇듯 나셈이 직설적으로 쏘아 붙였다.

"사회적 신분이 어쨌든 간에 문맹이건, 교양 있는 여성이건 간에, 부유하건, 가난하건 간에, 폭력에 휘둘리는 여성은 협박도 같이 받지. 무크타르 네 경우는 '엄지손가락 지장을 찍어, 우리가 알아서 쓸게!' 라고 했지만, 사지아 박사한테는 '여기다 사인하세요, 그렇지 않으면 당신은 죽을 겁니다!' 라고 협박했잖아."

나셈의 말은 맞았다. 나셈은 사건을 정확히 이해하는 장점을 가지고 있었다. 그녀는 계속 성토했다.

"농부건 군인이건 간에, 남자는 자신이 원하는 대로 자신이 원하는 시간에 겁탈을 하지. 그러고도 그자는 정치적으로나, 부족이나, 종교적 또는 군부대 시스템의 보호를 받으며 아무렇지 않게 풀려나고 있지. 그자들이 그 점을 알고 있으니 대담해질 수밖에 없지.

우리가 여자들의 정당한 권리를 쟁취해 낸다는 것은 아득하기만 해. 상황이 정반대거든. 사람들이 여성 운동가들을 곱지 않은 시선으로 보고 있는 데다, 최악은 그들이 우리들을 위험한 혁명가 취급을 하거나, 잘해 봤자 남성들의 질서를 혼란시키는 사람들로 취급해 버리니까 말이야.

무크타르 네 경우는 네가 여성 운동가들에게 호소했다고 사람들이 널 비난했었잖아. 사람들은 일부 언론에 네가 기자들과 NGO 사람들에 의해 조종받고 있다며 떠들어 대고 있어. 마치 네가 우둔해서 재판에 회부시키는 유일한 방법을 너 혼자는 알 턱이 없는 거라 여기는 거야."

나셈의 말은 나를 우울하게 만들었다. 하지만 우울에 갇혀 의기소침해지면 안 되었다. 그것은 학교 운영이나 내 삶에 도움이 되지 않았다. 나는 현실을 직시하고 당당히 맞서 싸울 것이다. 그랬다. 어느덧 나는 투사가 되어 있었다. 하나의 아이콘, 우리나라 여성들의 투쟁의 상징이 된 것이다.

펀자브 지방의 수도, 라오르 시의 예술 아카데미에서는 연극 작품, 메라 키아 카시르[6]를 무대에 올렸다. 그 연극은 마치 내 이야기를 하고 있는 것처럼 보였지만 사실은 아니었다. 왜냐하

---

6) Mera Kya Kasur, 내 탓일까?

면 줄거리가 전혀 딴판인 데다 등장하는 인물의 신분이 나하고
는 차이가 많이 났기 때문이었다.

연극 속의 주인공은 영주의 딸이었다. 그 영주의 딸은 배우
긴 했지만, 농부의 자식인 한 젊은이와 사랑에 빠지면서 비극
은 시작됐다.

이들은 손을 잡고 있다가 사람들에게 들켜 버렸다. 지르가는
영주의 실추된 명예를 회복해 주기 위해 젊은 농부의 누이를
영주의 아들에게 바치라는 평결을 내린다. 그러자 젊은 아가씨
는 실의에 빠져 자살을 하고 만다. 딸을 잃은 그녀의 어머니도
역시 자살한다. 미쳐 버린 젊은이 역시 끝내 자살을 해 버리고
만다는 내용이었다.

하지만 연극 속 주인공의 신분이 다르다 해서 내 이야기가
아니라는 법은 없다. 우리나라에서 일어나는 모든 명예 범죄는
곧 내 일이었고, 다른 여자들의 일이었다. 게다가 나는 그 연극
이 내 이야기를 차용했다고 생각하지 않았지만 사람들은 나와
는 다른 생각이었다. 그 연극을 본 사람들은 내 이야기를 변조
해 무대에 올렸다고 여겼다.

내 역할을 맡았던 젊은 여배우—사람들이 내 역할을 맡았다
고 생각하는 여인—가 무대에서 자살을 하기 전, 자기 나라에
서 여자로 태어나고, 가난하게 태어난 게 죄냐며 사람들을 향

해 이렇게 크게 외쳤다고 한다.

"범인들을 체포하는 것이 저를 행복하게 해 줄까요? 저 같은 아가씨들이 얼마나 될까요? 자살보다는 심판받게 하겠다는 의지가 제 명예를 회복시켜 줬습니다. 왜냐하면 타인들이 저지른 범죄에 대해 죄책감을 느낄 필요가 없기 때문입니다. 불행하게도 극소수의 여자들만이 미디어와 인권 보호 단체들에 알릴 수 있는 기회를 갖습니다."

그 배우의 울림은 아직 내 마음속에 남아 있다. 그녀가 물었던 것처럼 극소수의 여자들만이 미디어와 인권 단체의 보호를 받을 수 있는 행운을 얻는다.

2004년 10월, 수백 명의 극렬 운동가들과 시민 단체 직원들이 명예 범죄에 관한 좀 더 나은 법률 제정을 요구하는 대시위를 벌였다. 내 변호사도 다른 인사들과 함께 그 시위에 참가했다. 정부는 이미 오래전에 명예 범죄를 금지하겠다고 약속한 바 있었다. 그런데 아무런 성과가 없었다. 범죄자들에게 희생자들 가족과의 타협을 허락함으로써, 형사처분을 빠져나갈 수 있게 하는 법조항만 수정해도 충분할 터였다. 그리고 부족 회의 앞에서의 재판은 불법이라고 공포만 해 줘도 충분할 터였다.

들리는 말에 따르면 일부 지방 정부가 그러한 사적인 재판

시스템에 관한 법률 제정을 위해 법안을 준비 중이라고 했다.
그런데 지르가는 그들의 권력을 여전히 휘두르고 있고, 수천만
의 여성들이 여전히 그 부족 시스템 속에서 강간을 당하거나
혹은 살해를 당하고 있다.

내 경우에 있어서 상고 과정은 멀기만 했다. 첫 사형 언도가
있고 나서 벌써 2년이 흘렀다. 만약에 법을 바꾸지 않겠다면,
만약에 이슬라마바드의 고등법원이 사형선고 확정판결을 내리
지 않는다면, 만약에 이미 풀려난 피고인 여덟 명을 내가 이번
상고심 과정에서 주장한 대로 처벌하지 않는다면, 차라리 그들
을 풀어 주어, 그들이 나를 멋대로 하게 내버려 두는 짓인들 왜
못할까? 하는 생각도 들었다.

나셈은 믿음을 갖고 있었다. 그녀는 내 곁에서 끝까지 싸우
겠다는 결의를 다졌다.

나는 그녀가 나만큼 위험을 감수하고 있음을 알았다. 그녀는
낙천주의자였고, 그런 만큼 나셈은 내가 견뎌 낼 능력이 있다
고 믿었다. 그녀는 내가 끝까지 가리라는 것도 알았고, 겉으로
는 내가 잔잔한 것처럼 보이지만, 사실은 속으로는 부글거리는
마음을 달래며 기어코 이기고야 말겠다는 옹고집 하나로 버티
고 있다는 것도 알았다.

나는 종종, 인간이 하는 재판에서 내게 '그 짓'을 겪게 한 사

람들을 처벌하지 않으면 언젠가는 신이 그 처벌을 내릴 것이라 되뇌곤 한다. 하지만 나는 이 상고심에서 공식적인 판결을 내려 주길 바란다. 필요하다면 세상 전체에 공표해 줬으면 한다.

불명예

2005년 3월 1일, 나는 다시 한 번 법정에 출두했다. 이번엔 물탕 시에 있는 항소심 법정이었다. 나는 혼자가 아니었다. NGO들과 국가 언론, 외국 언론들이 판결을 기다렸다. 나는 내게 들이미는 마이크들에 대고 내가 원하는 것은 오로지 심판, '완전한 심판'을 원한다고 말했다.

마스토이 부족들은 여전히 사건 사실을 부정했다. 그곳에 있는 우리들과 NGO 멤버들, 지역 언론 기자들과 해외 언론 기자들은 법정이 얼마나 쉽게 강간범들을 풀어 주고 있는지 알고 있었다. 부족의 여덟 명을 석방시킨 것을 제외하면 첫 판결은 승리였다. 하지만 나는 그들 역시 처벌해 줄 것을 요구했다. 나

는 앉아서 판사가 영문으로 된 길고 긴 판결문을 읽어 내려가
는 것을 듣고 있었다. 물론 나는 이해하지 못했다.

판사의 판결문이었다.

"2002년 8월 31일, 데라 가지 칸 법정의 반테러 담당 판사가
내린 판결에 따르면 아래 적힌 여섯 명의 항고인들은 그 죄가
입증되어 아래 형량에 처해 졌었다…… 여섯 명에게 사형 언도
가 내려졌고, 나머지 피고인 여덟 명 모두는 그 죄가 없어 무죄
로 석방되었었다."

나는 이따금 나셈과 소곤거렸다. 그리고 바로 그 순간에 느
릿느릿 하지만 분명하게, 내가 알아듣지 못하는 단어들의 리듬
에 맞춰, 자의적인 심판이 자리를 잡아 가고 있었다.

월요일 하루가 그렇게 지나갔다. 그리고 3월 2일 화요일이
됐다. 내 담당 변호사가 변론을 시작했다. 지친 나는 그 순간
잠깐 잠에 곯아떨어졌다. 나는 종종 그 커다란 홀 안에서 벌어
지는 일들이 나와는 전혀 상관없이 전개되고 있다는 느낌을 받
았다.

내가 오고 가는 말들의 뜻을 이해할 수만 있다면 참으로 좋
으 련만. 하지만 나는 저녁때까지 기다렸다가 내 담당 변호사
가 피고인들이 항변하는 중요한 반박 주장을 우리 언어로 정리

해 주는 것을 들을 수밖에 없었다. 그러니 더욱 답답할 수밖에 없었다. 그들이 주장하는 반박 논지는 이랬다.

'무크타르 마이의 진술은 모순으로 가득 차 있으며 집단 윤간을 증명할 만한 그 어떤 증거도 갖추고 있지 않다.'

마을 사람들의 반이 그 사건의 증인들인데도 그들은 버젓이 거짓말을 하고 있었다. 게다가 한술 더 떠 나를 공격했다.

'사건 직후 즉시 고소를 지체할 만한 합당한 이유가 없는데도 무크타르 마이는 고소를 하지 않았다.'

이 말 또한 나를 절망케 만들었다. 네 명의 남자에게 겁탈당한 여자가 육체적으로, 그리고 정신적으로 얼마나 골병들게 되는지 알려면, 본인이 여자가 돼 봐야 한다. 차라리 즉시 자살하는 것이 모든 남자들에게는 훨씬 이성적으로 보이는 것일까? 나는 그들에게 묻고 싶었다.

'작성된 무크타르 마이의 진술서 양식에 문제가 있었다. 2002년 6월 30일, 수사관이 작성한 버전이 하나 있고, 검사가 작성한 또 다른 버전이 존재한다.'

경찰이 작성한 것과 내 진술을 토대로 검사가 작성한 기록은 당연히 일치할 수 없는 노릇이었다. 경찰은 내 진술서를 작성하고 서명을 강요할 때 날짜를 그날이 아닌, 이틀 후로 써 놓았기 때문이었다.

내 담당 변호사는 피고인들에게 책임을 물을 만한 것이 아무 것도 없다면서 그쪽이 반론을 제기하며 항변한 일련의 말들을 들려줬다. 이 모든 이야기는 그곳에 있던 한 기자가 조작해 낸 것이었다. 엄청난 화제를 불러일으킬 건수를 낚을 목적으로 그 사건을 이용한 셈이다. 언론들이 그 사건을 앞 다투어 다루면서 그 기자는 있지도 않았던 사건을 빌미로, 국제 언론의 커버지에 실린 꼴이 되어 버렸다.

내 문제가 법정에 계류 중인 와중에 내가 해외로부터 성금을 받고, 은행에 계좌까지 가지고 있다며 나를 공격하고 나섰던 것이다. 그랬다. 나는 이 모든 사안들이 논쟁거리가 되고 있다는 사실을 알았다. 특히 마지막 논쟁에 대해서는 잘 알고 있었다. 그 돈으로 학교를 짓고, 소녀들, 그리고 소년들까지도 공부 시키겠다는 내 의지를 적들은 무시하는 것이다. 사람들은 내게 국립 언론에 실린 논평들을 번역해 줬다. 파키스탄 여자의 유일한 임무는 남편에게 순종하는 것이며, 여자 아이가 받을 수 있는 유일한 교육은 어머니가 해야 하며, 종교 텍스트 이외의 것으로부터는 아무것도 배워서는 안 된다고 했다. 일종의 굴종에 대한 침묵이었다.

나는 종종 기자들에게 나의 신실한 신앙심, 코란과 수나(sunna, 관습)에 대한 나의 존경심을 바탕으로 싸우겠노라 말하곤 했었다. 마을의 지배력을 장악하기 위해 조직되어 테러와 겁탈을 일삼는 그 부족 심판 체제는 코란과는 아무런 연관도 없다. 우리나라는 항상 그 야만적인 전통에 반기를 들었었다. 하지만 불행하게도 정부는 사람들의 사고에서 그것을 뿌리째 뽑아내지 못하고 있었다. 남녀를 불문하고 시민들 간의 진정한 동등권을 인정하기에는 너무나 느리게 진전하는 합법적인 이슬람공화국법과 기본적으로 여자들을 처벌하는 후두드[7]법 사이에서 판사들은 자신들의 신념에 따라 오락가락하고 있었다.

3월 1일 마침내 판결이 내려졌다. 안티테러리스트 제1심 법정에서 내린 판결과는 정반대였다. 놀랍게도, 라오르 시 법정은 사형 언도를 받은 다섯 명에게 무죄판결을 내리고 석방을 지시했다. 수감 중인 두 명 중 한 명만 종신형을 선고받았을 뿐이었다. 그것은 엄청난 충격이었다!

분개한 청중들이 야유를 보내기 시작했고, 사람들은 재판장을 떠나지 않으려 했다. 앉아 있던 기자들이 그들 자리에서 동요하기 시작하며, 여기저기서 촌평이 쏟아져 나왔다.

"나라를 위해 슬픈 일이야."

---

7) 강력한 지나(zina)법을 강력한 후두드(hudood)법이라 부름.

"모든 여성들에게 수치스러운 일이야."

"다시 한 번 민법이 농간을 부렸어."

나는 무너져 버렸다. 기자들 앞에서 나는 몸을 부르르 떨었다. 무슨 말을 하고, 무슨 행동을 할 수 있단 말인가. 내 담당 변호사는 이 판결에 불복 항소하겠다고 했다. 하지만 그동안은, 그동안은 어찌할 것인가.

그들은 내 집과 내 학교에서 100미터 떨어진 그들의 농장으로 되돌아갈 것이다. 그러면 우리 가족은 위협을 받을 테고, 그들이 풀려나는 바로 그날부터, 나는 죽음의 위험에 노출될 것이다. 나는 심판을 원했다. 나는 그들이 교수형에 처해지길 희망했다. 나는 겁내지 않고 그렇게 밝혔었다. 혹은 적어도 그들이 남은 평생을 감옥에서 썩길 바랐다.

나는 나만을 위해 투쟁을 한 것은 아니다. 겁탈당한 증거로 직접 목격한 증인 네 명을 내세울 것을 강요하며 법이 농간을 부리거나, 혹은 방치하는 모든 여성들을 위해 투쟁해 왔다. 강간범들이 공공연하게 일을 저지른 것처럼, 나에 관한 모든 증언들은 그 어떤 형태의 재판도 없이 거부당했다. 마을 전체가 다 아는 사실인데도 그랬다. 그들이 주장하는 대로 이 법정은 마스토이들에게 실추된 명예를 회복시켜 주려는 모종의 판결을 내린 것이다. 그들이 항변한 한 마디 한 마디를 다시 써 가며 반박 주장을 펼치며 나를 피고인으로 몰아붙였다. 조사가 잘못됐고, 강간도 증명되지 않았다고 몰아붙였다. 봤지, 무크타르, 집에 돌아가, 입 닥치고 있어야 한다, 마스토이 계급의 권력이 널 이겼잖아, 라고 말하는 듯한 그 판결은 두 번째 강간이었다.

나는 그 판결에 대한 울분과 번뇌로 울음을 터뜨렸다. 하지만 많은 시위대와 기자들이 분개해서 들고 일어나자 판사는 어쩔 수 없이 몇 시간 후 다시 나타나 발표했다.

"제가 판결을 내리긴 했지만 아직 그 판결을 실행하라는 명령은 내리지 않았습니다. 피고인들은 아직 석방된 것은 아닙니다."

그래서 판결은 3월 3일 목요일 저녁에 내려졌다. 금요일은 기도 법회가 있는 날이었기 때문에 목요일 저녁에 내려진 것이다. 판사는 판결문을 도지사와 각종 형무 행정기관들에 한 부씩 발송한 뒤, 타자로 치도록 지시했다.

나셈은 우리에게 행동을 취할 수 있는 시간이 며칠 주어진 셈이라고 말했다. 그녀는 포기하지 않았다. 그곳에 모인 극렬 운동가들도 마찬가지였다. 나셈과 그곳에 모인 운동가들의 격려로 어느 정도 충격에서 벗어날 수 있었다.

난 포기하지 않기로 했다. 우리 주변에서 많은 여성들이 우리와 같은 울분을 토하고, 우리와 같은 모멸감을 토해 냈다. NGO들과 인권 보호 단체들이 즉시 동원됐다. 지방이 들끓었다.

3월 5일, 나는 기진맥진한 채 기자회견을 가졌다. 그래, 난 상고할 것이다. 아니, 난 추방당하지 않을 것이다. 나는 계속해서 내 집, 우리 마을에서 살 것이다. 내 고향은 여기다. 이 땅이 바로 내 땅이다. 필요하다면 나는 무샤라프 대통령에게 직접 전화할 것이다!

그 이튿날, 나는 집으로 귀가했다. 그리고 3월 7일, 나는 그 불평등한 판결을 규탄하는 대시위에 참가하기 위해 물탕 시에 도착했다. 삼천 명의 여성들이 여성 인권 보호 단체의 호위를 받으며 시위를 했다.

나는 내 이름으로 진행되고 있는 사건의 공정한 재판과 그 유명한 후두드법의 개정을 요구하는 플래카드를 들고 대열의 한복판에서 행진했다.

나는 열정적인 사람들 사이에서 조용히 행진하며, 굴욕적이고 강박적인 문장을 머릿속으로 뇌까렸다.

"사람들이 그들은 풀어 줄 테지, 사람들이 그들을 풀어 줄 거야. 그런데 그게 언젤까?"

시위하는 동안 시위 단체들은 마이크와 사진사들을 이용해 항의 표시를 했다. 인권 협회의 극렬 투사들의 대표가 외쳤다.

"정부는 여성 인권에 대해 미사여구만 늘어놨을 뿐입니다. 사지르 박사를 강제로 해외 추방시키고, 무크타르 마이를 공격한 사람들을 풀어 준 것은 공정한 심판을 이끌어 내는 길이 아직 멀다는 것을 의미하는 것입니다."

1980년에 생긴 이래 줄곧 인권과 우리나라의 민주 발전을 위해 투쟁해 온 AGHS를 창설한 여성들이 현장에서 상주하고 있었다. 해결하기 힘든 사건을 찾아다니는 단체였다. 그녀들의 항변은 한층 더 신랄했다.

"설령 여성의 여건이 조금 나아진다고 해도 그건 정부와는 전혀 상관없는 일입니다. 진보는 큰 틀에서 보면 시민 단체와 여성 인권 단체가 이끄는 겁니다. 시민 단체와 인권 단체들이 종종 목숨을 담보로 그들의 목표를 쟁취해 내는 겁니다.

우리는 수년 전부터 심각한 위협과 압력에 시달리고 있습니다. 특히 지금의 정부는 여성의 인권에 대한 원칙을 내세우며 국제 사회에 진보적이고, 자유분방한 우리나라의 이미지를 심어 주려 하고 있습니다. 하지만 그것은 환상입니다!

사지아 박사의 강간과 무크타르 마이의 재판 사건으로 여성 폭력을 없애겠다던 정부의 주장은 의지가 결핍된 공허한 소리였음이 여실히 드러난 겁니다. 대통령이 피고인들을 보호하고, 수사에 영향을 주는 겁니다. 국가는 신뢰를 잃었습니다.[8]”

한편 여성들의 교육과 법적 도움에 전문성을 띤 오라트 재단의 이사장은 이런 주장을 펼쳤다.

“여성들의 여건이 몹시 나빠졌고, 앞으로도 끊임없이 악화될 겁니다. 최근 25년 동안 인권 운동이 진보했다고는 하지만 길은 멀기만 합니다. 정부에서는 여성의 의회 진출이 33%에 이른다고 주장하지만 그것은 시민사회의 지속적인 압력이 있었기 때문입니다. 무크타르 마이의 재판 사건이 여성 폭력을 차단시키는 데 최고의 모델이 된 것이며 세계 속에 우리나라의 수치를 알린 사지아 박사의 강간 사건이 구역질 나는 또 다른 모델이 된 겁니다.

그 사건들은 인권을 침해한 것입니다. 무크타르 마이의 재판 사건은 미래의 강간범들에게 용기만 줄 뿐입니다. 최근에 우리나라에서 횡행하는 명예 범죄에 대한 근절 법안이 거부된 것은 사회적인 심판을 쟁취하기 위해서는 아직도 오늘처럼 가두 행진을 오랫동안 해야 한다는 뜻입니다.”

---

8) AGHS 단체의 창립자 중 한 명인 히나 지라리가 라호르와 이슬라마바드 연방 최고 재판소에서 항변한 내용이다.

파키스탄 인권위원회(HRCP)[9]의 카밀라 하야트는 기자들에게 말했다.

"비록 폭력 사건이 줄지는 않고 있지만 이제 여성들은 가정 폭력 사건에 대해 자신들의 권리를 깨닫기 시작했습니다. 가정 폭력 사건은 증가 추세입니다. 그것은 가난과 교육의 부재, 그리고 부족 회의 평결과 몇 년 전부터 발효 중인 반여성법과 같은 부정적인 사회적 요인들이 빚어낸 결과입니다. 이 두 명의 투사, 무크타르 마이와 사지아 박사가 보여 준 것은 배웠건 못 배웠건 간에, 한 여성이 정당한 심판을 이끌어 낸다는 것이 어렵다는 사실입니다."

라디오와 텔레비전을 비롯한 모든 언론들은 밤낮으로 그 추악한 판결에 대한 논평을 활발하게 보도했다. 일부 언론들은 의문을 제기했다. 누가 개입했을까? 반테러 법정에서 집단 겁탈로 규정해 형을 선고한 사건인데, 판사가 어떻게 그 선고를 모두 기각할 수 있단 말인가? 무슨 근거로? 내가 답변할 수 있는 것은 없었다. 그것을 밝혀내야 할 사람은 내 담당 변호사였다.

그날 저녁, 나는 마을로 돌아왔다. 왜냐하면 파키스탄 주재 캐나다의 고등판무관인 마가렛 후버 여사가 그 다음 날 학교

---

9) 파키스탄 인권 위원회(Human Rights Commission of Pakistan)

로 날 방문한다는 연락을 받았기 때문이었다. 모든 외국 대사관들이 사건에 대해 알고 있었다. 고등판무관은 정오쯤 도착했다. 나는 격식을 갖춰 그녀를 맞았다. 그녀는 자신을 따라온 기자들에게 알렸다.

"캐나다 국제 발전 협회의 전갈에 의하면 캐나다가 이미 등록한 학생들과 대기자 명단에 등록된 학생들을 위해 학교 확장 비용을 대겠다고 했답니다. 이 기부금은 우리나라가 남녀 동등권은 물론 파키스탄 여성 인권과, 세계 여성 인권 투쟁에 지대한 공헌을 미친 무크타르 마이에게 감사 차원에서 이루어졌습니다.

세계에서 거대한 재앙 중 하나가 여성 폭력입니다. 무크타르 마이가 겪은 폭력이 다른 많은 폭력들을 잠들게 했을 겁니다. 부족 회의의 지시에 따라 집단 강간을 당한 희생자인 무크타르 마이는 침묵하길 거부했습니다. 그녀는 자신에게 지급된 보상금으로 마을에다 학교를 짓는 데 썼습니다. 그녀는 끊임없이 자기 마을의 소녀들이 자신과 같은 운명을 겪지 않도록 하는 데 심혈을 기울이고 있습니다. 이 여성은 국제 여성 인권의 날의 진정한 정신을 구현한 것입니다!"

나는 그녀의 말에 고무되었다. 내 상처가 사람들에게 새로운 용기와 힘으로 작용한다는 것은 무척이나 기쁜 일이었다.

후버 여사는 현장에서 4시간을 머물렀다. 그녀의 존재가 내 겐 큰 위안이 됐다. 하지만 판결문 카피를 손에 넣기 위해 애쓰고 있는 담당 변호사로부터 소식이 오기를 애타게 기다리며 전화통에 매달려 있어야 했던 나로서는 조마조마한 하루이기도 했다.

마침내 변호사가 '죄인들'이 3월 14일에 감옥에서 풀려나게 되어 있다는 사실을 알아냈다. 그들은 NGO측 투사들과 미디어들이 감옥 앞에서 진을 치고 있고, 경찰이 격분한 기자들과 투사들을 상대로 그들의 안위를 책임지기에 고심하고 있는 흔적이 역력했다.

이번 석방이 정부로서는 불필요한 폭동을 야기시킬 위험이 있었다. 그러나 이미 나는 사람들로부터 NGO와 미디어들로부터 도움을 받고 있다는 비난을 받는 처지였기 때문에 여기서 그칠 의향이 없었다. 아니 오히려 그 반대였다. 내 투쟁은 수년 전부터 그들이 해 온 투쟁이기도 했다. 그 누구도 내 입을 다물게 하지는 못할 것이다. 만약 내가 집에 틀어박혀 내 기구한 운명을 탓하며 울면서 한탄만 한다면, 내가 내 자신을 더는 똑바로 쳐다보지 못할 것 같았다.

나는 책임을 져야 했다. 내 삶과, 이제 이백 명이 넘는 학생들이 있는 내 학교, 내 식구들의 안전을 책임져야 했다. 내가 항상 진실을 말했다는 것을 신은 아신다. 내 용기가 바로 진실이다. 그리고 나는 그 진실이 반드시 참다운 결실을 맺길 바란다. 그런 연유로 나와 나셈은 기진맥진한 일주일간의 이번 항해를 시작한 것이다.

3월 9일, 우리는 그 지역 도청 소재지인 무자파르나가르로 떠날 채비를 했다. 그곳에서 여성들을 상대로 저지른 폭력을 규탄하는 또 다른 시위가 있을 참이었다. 대략 천오백여 명이 현장에 운집해 있었다. 파키스탄 인권 보호 협회 여 회장이 직접 내방해서 기자들과 얘기를 했다. 슬로건이 적힌 거대한 플래카드도 등장했다.

"힘내세요, 무크타르 마이, 우리는 당신과 함께합니다."

우리가 이동할 때마다 경찰이 호위를 했다. 나는 이따금 호위가 나를 보호하기 위한 것인지, 혹은 나를 감시하기 위한 것인지 의구심이 들 때가 있었다. 나는 더 이상 서 있을 수가 없었다. 지난 3월 3일부터 나는 원인 모를 신열에 시달리고 있었지만 제대로 휴식 한 번 취하지 못했다.

시위대가 우리 마을 우리 집 앞까지도 찾아왔다. 길은 붐비고, 안뜰은 사람들로 가득 찼다. 그 집회 책임자들은 내게 3월 16일, 후두드법에 항의하기 위해 무자파르나가르에서 또 다른 가두 행진이 잡혀 있다고 했다. 하지만 3월 16일에는 내가 어디 있을지 나도 모른다. 마스토이들은 풀려나 자유로운 몸으로 그들 집에 있겠지만, 나는 아니다!

게다가 나는 물탕으로 다시 가, 담당 변호사 사무실에 들러 그가 최근에 입수했다는 판결문 카피를 받아야 했다. 3시간을 아직도 더 가야 했다. 나는 정말 너무 아프다. 머리가 돌처럼 딱딱해지고, 다리가 휘청거렸다. 내 전신은 이 끝없는 전투를 참아내는 데 지쳐 버렸다.

나셈은 일시적으로나마 나를 안정시킬 수 있는 약을 구하기 위해 차를 세워야만 했다. 그렇게 해서 겨우 내가 변호사 사무실에 당도하자 휴대전화가 울렸다. 동생 사쿠르였다. 내가 전화를 받자마자 사쿠르는 히스테릭하게 소리를 질렀다.

"빨리 집으로 돌아와. 경찰이 우리 보고 움직이면 안 된다고 했어! 마스토이들이 1시간 전에 풀려났대! 그들이 곧 이곳으로 들이닥칠 거래! 사방에 경찰이 쫙 깔렸어! 그러니 돌아와, 무크타르 누나! 어서!"

나 역시 가슴이 철렁 내려앉았다. 이제 아무도 나의 안전을 보장하지 못할 것이다. 그 누구도. 그들은 마음만 먹으면 자신들이 하고 싶은 일을 하는 사람들이므로 법도 그들을 가두지 못했다.

이번에는 내가 소송에서 진 것 같았다. 나는 법정 당국이 개입해 주길 바랐고, 내 담당 변호사가 이번 판결에 대한 항고장을 제출할 시간이 있길 바랐다. 나는 NGO와 미디어들, 그리고 정치인들이 압력을 가해 적어도 그들이 감옥에 수감되어 있길 바랐다. 나는 불가능을 바라고 있는 것이다.

한밤중에 집으로 귀가하던 나는 경찰차에 실려 자신들의 집으로 돌아가고 있는 겁탈자들을 생각했다. 그들이 바로 우리 가까이 있음에 틀림없었다. 나는 차의 뒤쪽 전조등을 살폈다. 뒤에는 아무도 없었다. 그렇다면 그들은 우리를 앞서 가고 있는 것이 분명했다. 그 생각이 들자 내 몸은 또다시 분노로 전율했다!

우리는 밤 11시에 집에 도착했다. 10여 대의 경찰차들이 우리 집을 에워싸고 있었다. 캄캄한 어둠이 분명한 사물을 가리고 있었지만 그래도 나는 우리 집과 맞은편 마스토이들의 농장 주변에도 똑같이 활기가 차 있다는 사실을 간파할 수 있었다. 분명 그들은 거기에 있었다!

경찰은 상고심이 진행 중이기 때문에 그 다섯 남자가 현장을 벗어나지 못하게 지키고 있었다. 경찰은 특히 폭동을 피하기 위해 기자들과 시위대들의 접근을 차단하겠다는 복안이었다. 그들은 마을 입구는 물론 출구도 감시했다. 차가 다닐 수 있는 길은 한곳밖에 없었기 때문이다.

나셈은 불안에 떨고 있는 나를 안심시키려 했다.

"저들은 지금 당장은 집에서 꼼짝 못할 거야. 옷 갈아입어, 우리 다시 떠나는 거야!"

우리는 도로를 이용해 물탕 시에 가겠다는 무모한 결정을 봤다. 변호사는 우리에게 무샤라프 대통령을 찾아가, 나와 내 가족의 안전을 위해 개입해 줄 것을 호소해 보라고 충고했다. 그러나 나는 더 많은 것을 호소하고 싶었다. 훨씬 많은 것을 호소하고 싶은 것이다. 나는 그들이 다시금 감옥으로 되돌아가길 바라며, 연방 최고 재판소는 서류를 다시 점검하길 바라며, 내가 목숨을 잃는 한이 있더라도 그들이 정당한 재판을 받길 바란다.

나는 더 이상 아무것도 두렵지 않았다. 내 안의 분노는 좋은 무기다. 나는 이 시스템에 화가 났다. 이 시스템 탓에 나는 고향에서 두려움에 떤 채 강간범들과 얼굴을 맞대고 살 수밖에 없었다.

우리 가족의 이름으로 그들의 '명예'를 실추시킨 것에 대한 용서를 구하기 위해 체념한 채 걸어가던 때는 먼 옛날이야기가 됐다. 우리나라를 수치스럽게 하는 것은 내가 아니라, 바로 그들이었다.

우리는 차로 3시간을 달려 물탕까지 간 뒤, 버스로 갈아타고 9시간 만인 3월 17일 새벽에 봉건적인 수도 이슬라마바드에 도착했다. 극렬 운동가들과 각종 언론 기자들이 우리 뒤를 따랐다.

나는 내무부 장관과의 면담을 요구했다. 그가 공식적으로 내게 두 가지를 약속해 주길 바랐다. 우선은 내 안전을 보장해 주는 것이고, 다음은 마스토이들을 가택 연금시켜 줄 것을 바랐다. 왜냐하면 내가 항고를 했기 때문이다. 만약 마스토이들이 그들의 땅을 벗어나면, 나는 결코 더는 그들에게 죗값을 물을 수 없게 될 것이다. 그리고 나는 마스토이들이 무슨 짓이든 할 수 있다는 사실을 안다.

예를 들어, 마스토이들은 자신들의 부족을 그러모아 부족들이 지배하는 영토로 도피한 다음, 아무도 자신들의 정체를 알아보지 못하도록 할 수 있었다. 그런 다음, 공범인 사촌을 돈 주고 사서 나를 살해하라고 사주할 수도 있었다. 나는 가능한 모든 복수 방법을 떠올렸다. 납치나 불, 또는 초산 같은 것들 말이다. 집과 학교에 방화하는 것도 떠올렸다. 그들은 마음먹은 대로 할 수 있는 자들이다.

장관을 만났을 때 나는 탈진 상태에 빠져 있었다. 하지만 나는 침착하면서도 단호하게 그의 말에 귀를 기울이고, 내 요구

조건을 말했다.

"우리는 이미 국경을 지키는 경찰들에게 지시를 해 뒀습니다. 그들은 자신들의 영토를 못 빠져나갑니다. 라오르 법정에서 내린 판결을 그렇게 쉽게 농락하지는 못할 것이니 이해해 주시기 바랍니다."

장관의 말은 나에게 얼마간 안도감을 주었지만 나는 그보다 더 분명하게 해 줄 것을 요구했다.

"하지만 무슨 조치를 취해야 하지 않겠습니까, 내 삶이 위험에 처해 있습니다!"

"특별 조치가 남아 있긴 합니다. 내무부 장관 자격으로 그들에게 공공질서를 해쳤다는 죄목을 씌워 새로 체포 영장을 발부할 수는 있습니다. 그것이 그들을 며칠간이나마 감옥에 재수감시킬 수 있는 유일한 방법입니다. 하지만 그 권한은 그들이 석방된 바로 그날, 그 시각부터만 쓸 수 있는 것이죠. 그 권한을 사용하면 국가는 72시간 내에 그들을 잡아들여야만 합니다. 그게 규칙입니다."

72시간, 3일. 그들이 자신들의 집으로 15일 저녁에 돌아왔는데, 그날은 18일 아침이었다. 그렇다면 몇 시간이나 남아 있는 걸까? 나는 지친 나머지 계산도 제대로 할 수 없었다.

"장관님. 저는 법도, 규칙도 모릅니다. 하지만 법이나 규칙이

어쨌든 간에 그들이 풀려나와 밖에 있고, 제가 위협을 받고 있으니, 무슨 조치를 취해 주셔야 합니다!"

"제가 조치를 취하겠습니다. 수상께서도 알고 계십니다. 수상께서 내일 당신을 만나 보시겠다고 했습니다."

그는 우리에게 다짐했다.

3일째 여행을 하고 있었지만 그사이 나는 겨우 두세 시간밖에 잠을 자지 못했다. 게다가 내무부 장관 집무실을 나서고 난 뒤에는 지친 몸으로 기자회견까지 가졌다. 나셈과 나는 피곤한 나머지 더 이상 밤낮도 구분할 수 없었으며, 언제 마지막 식사를 했는지 기억조차 나지 않았다.

"무크타르, 모든 게 다 잘될 거야. 그러니 힘내."

"고마워. 나셈. 나셈이 없었으면 나는 이렇게 하지도 못했을 거야."

"아니야. 너는 나 없어도 잘 해냈을 거야. 처음부터 이 일을 벌인 사람은 너였어. 나는 그런 너의 용기에 반해 도왔던 거고. 그러니 조금만 참아."

"그래. 아무튼 고마워."

나와 나셈은 서로에게 상황이 잘 풀리리라는 믿음을 심어 주며 용기를 잃지 않았다.

이튿날 아침 11시, 우리는 드디어 수상의 집무실에 있었다. 우리는 계산이 맞는지 확신이 서지 않아 열 번 이상 계산을 해 봤다. 하지만 분명 그날 아침 10시부터는 장관이 말한 72시간이 초과된 상태였다. 우리는 수상을 만난다는 긴장감보다는 72시간을 넘기고야 말았다는 두려움에 안절부절못했다. 언제나 안 좋은 상황에서도 침착함을 잃지 않던 나셈 역시 그때만큼은 근심 어린 표정이었다. 나셈이 그럴 때 내 마음은 더욱 불안했다. 언제나 내가 힘들면 격려해 주고, 용기를 북돋워 주던 나셈이 그런 표정을 짓고 있자 불현듯 그녀가 안쓰럽다는 생각이 들었다.

우리의 불안을 진지하게 듣고 있던 수상은 우리를 안심시키려 했다.

"필요한 조치는 해 뒀습니다. 분명 72시간이 초과되기 전에 그들을 잡아들였을 겁니다. 저를 믿어 주십시오!"

수상의 말대로라면 얼마나 좋겠는가. 하지만 우리는 믿을 수 없었다. 그들은 증거가 없다는 이유로 이미 풀려나지 않았는가.

"아닙니다. 저는 수상께서 확답을 해 주셨으면 좋겠습니다. 그들이 수감되었다는 확증을 주시지 않으면 저는 이 집무실 밖으로 나가지 않겠습니다."

나는 강경하게 말했다. 나셈은 그런 내 어조를 그대로 흉내

내 우르두어로 통역했다. 누가 감히 내가 이런 식의 말투로 우리나라 수상을 대하리라 상상이나 했겠는가? 유순하고 조용하기만 하던 미르왈라 출신 무크타르 마이가. 나는 많이 변했다!

나는 지금 멋진 소파에 앉아 수상과 마주하고 있다. 나는 수상을 존중하지만 고집을 꺾지는 않았다. 그 짐승 같은 녀석들을 정확히 몇 시에 재수감시켰는지 내가 알기 전까지는 나를 이곳에서 끌어낼 수 있는 것은 군대가 유일할 것이다. 그들은 감옥이 제격이다! 그런데 그들은 자신들의 집에서 나에게 복수할 기회만 엿보고 있는 중이다.

나는 3월 3일 이후로, 더 이상 아무도 신뢰할 수 없었다.

내 고집을 못 이긴 수상이 마침내 수화기를 들더니 수도에서 500킬로미터 떨어진 무자파르나가르 시 도지사에게 전화를 걸었다. 나는 숨소리도 조심하며 수상의 말을 주위 깊게 들었다. 역시나 이번에도 나셈이 동시통역을 해 주었다.

"도지사가 이미 지시를 내렸대. 경찰이 다시 체포 영장을 발급받아 호송대를 이끌고 마을로 그들을 체포하러 떠나, 10시에 현장에서 그들을 체포했대. 그래서 도시사가 그들을 기다리고 있는 중이래. 그들이 곧 그의 집에 당도할 거래."

나는 눈을 반짝 빛내며 되물었다.

"확실한 거야? 그래도 도지사가 아직 그들을 만난 것은 아니잖아! 그들은 아직 이송 중이라잖아! 또 언제 어떻게 명령이 바뀔 줄 모른단 말이야."

"도지사가 약속을 했대. 무크타르, 풀려난 네 명과 수감되지 않았던 나머지 여덟 명 모두도 벌써 감옥으로 이송 중이래."

나셈은 나지막하게 나에게 일러 주었다. 그제야 나는 조금은 안도의 숨을 내쉴 수 있었다. 하지만 그 모든 것을 내가 직접 확인해야 마음을 놓을 수 있었다.

나는 수상에게 정중하게 인사를 하고 수상의 집무실을 나왔다. 그러고 나서 직접 도지사에게 전화를 걸었다. 하지만 그는 집무실에 없었다. 사람들에 따르면 그가 인근 지방에 갔다고 했다. 대통령이 그 지방을 순시 중이라 그들 모두 비상근무 중이었다. 어쨌거나 그 순시는 나와는 무관한 것이었다. 때문에 잠시 풀렸던 내 불안은 다시 도졌다.

이번에는 사쿠르와 통화를 하기 위해 집으로 전화를 걸었지만, 전화선은 불통이었다. 우기가 한참이라 연결이 잘 되지 않았다. 연락이 되지 않자 내 표정은 거의 울상이 되었다. 나셈 또한 사건의 경위가 궁금한 듯 전화통을 붙잡고 있는 내 주변을 서성였다. 우여곡절 끝에 나는 가게를 운영하는 한 사촌과 연락이 닿았다.

"혹시 알고 있니? 그들이 경찰에게 체포됐어? 그들이 다시 잡혀갔냐고."

"응, 오늘 오후에 경찰이 왔었어. 경찰들이 금요 기도 법회가 끝난 직후에 왔었어. 경찰이 그들 네 명 모두와 나머지 여덟 명도 체포해 갔어. 그들은 벌써 읍내로 떠났어. 끌려가면서 미친 듯이 날뛰어서 마을 전체가 다 알게 됐어."

"그래야지. 이번엔 내가 그들을 체포하라고 시킨 거야."

내 명치에 걸려 있던 체물이 일순 내려가는 듯한 후련함이 느껴졌다.

나는 법이나 규칙에 대해서는 문외한이었다. 내 사촌과 통화를 끝내자 나셈은 추후 생기게 될 일에 대해 내게 설명해 주었다.

"그들은 특별 조치로 수감된 거야. 하지만 단 90일 뿐이야. 펀자브 정부가 공식적으로 내린 조치가 90일 동안 수감시키도록 돼 있는 거야. 정부는 단순 지시만으로도 공공질서를 위협하는 사람은 누구든 체포할 수 있거든. 그동안 법정은 너의 항고를 충분히 검토할 시간이 생긴 거야."

우리는 그래도 비교적 가벼운 마음으로 3월 20일, 집으로 귀가했다. 우리를 보자 위협이 다시 시작됐다. 위협은 한층 노골적으로 이루어졌다. 마스토이들의 사촌들이 경찰이 그들을 다시 체포해 간 것은 우리의 잘못이라며 동네방네 떠들고 다녔기 때문이다. 그들은 우리에게 본때를 보여 줄 차례라고 떠벌리고 다녔다. 이제 그들은 나셈에게도 독기를 품기 시작했다. 그들은 내가 그녀가 없이는 아무 짓도 못했을 것이라 했다. 그것은 사실이었다. 우리는 친구다. 나는 그녀에게, 그녀는 내게 모든 것을 속 시원하게 털어놓는다. 이제 우리 둘은 그들에게 쫓기고 있다.

우리는 똑같은 두려움과 분노, 그리고 즐거움과 모든 것을 함께 경험했다. 우리는 함께 울었고, 함께 저항했다. 두려움은 여전히 우리 곁을 떠나지 않고 우리 내부를 맴돌고 있지만, 그래도 우리는 용기가 생겼다.

지난 3월 16일 기자회견을 할 때 기자들은 내게 파키스탄을 떠나 다른 나라로 망명갈 생각이 없는지 물었었다. 다른 사람들이 그러므로 나 또한 그럴 것이라고 생각을 했던 모양이었다. 나는 기자들에게 분명한 어조로 그럴 의향이 없다고 답변했다. 그리고 정당한 우리나라의 심판을 이끌어 내는 것이 내 소망이라 했었다. 나는 또한 우리 학교에 이백 명의 소녀들과 백오십 명의 소년들이 다니고 있고, 운영도 잘 되고 있는 학교임을 강조했었다. 어찌 그 어린 소년 소녀들을 버려두고 나만 살자고 외국으로 도망갈 생각을 하겠는가. 그럴 생각이었다면 애초부터 나는 학교를 세울 엄두를 내지 않았을 것이다.

이 마지막 확답은 3월 16에는 유효했었다. 그러나 3월 20일부터는 상황이 급변했다. 사방 수 킬로미터 떨어진 곳에 있어도 자신들 패거리의 두목과 형제들, 그리고 친구들을 잃은 마스토이들의 분기충천한 기분을 느낄 수 있다. 그들의 살벌한 분노를 느낄 때면 살갗에 전율이 흘렀지만 어쨌든 경찰이 나를 철통같이 지켜 주고 있었다. 가끔은 자유로운 이동에 통제를 받기도 하지만, 이제 나는 그것에 익숙해져 있었다. 길을 가다가 소리도 없이 그들에게 죽임을 당하는 것보다 조그만 불편을 겪는 일이 훨씬 나은 일인 것이다.

6월 11일, 나는 내 안전을 위해 내게 여행이 금지되었다는 사실을 알았다. 나는 캐나다와 미국의 국제사면위원회로부터 초대를 받고 여행 수속을 밟기 위해 이슬라마바드로 갔다. 그런데 담당자는 내가 출국 금지 리스트에 올라 있어 내게 비자를 내줄 수 없다고 했다. 나는 잠깐 동안 멍한 기분이 들었다. 당장에 어떻게 해야 할지 해답이 떠오르지 않았다. 나는 난감한 표정으로 서 있다가 몸을 돌렸다.

내가 행정 당국을 나서기가 무섭게 그들은 내 여권을 회수해 갔다. 그리고 그들은 나를 어딘가로 데리고 갔다. 물론 나는 내 담당 변호사와 마음대로 연락을 취할 수도 없었다. 그들은 나를 철저히 외부 사람들로부터 격리시켜 놓고 있었다. 나는 그 상황이 답답하기 그지없었다. 더욱이 아무와도 문제를 논의할 수 없다는 사실이 나를 더 참을성 없는 사람으로 몰아갔다.

하지만 나중에 연락을 받은 내 변호사는 분개한 어조로 기자들에게 내가 이슬라마바드 어딘가에 납치되어 있으며, 담당 변호사인 그는 나와 꼭 얘기를 나눌 필요가 있다고 항변했다.

당국은 그의 항변에 내 신상을 위해 거주지 제한 조치를 취한 거라 해명했다. 하지만 대통령 자신 역시 '해외에 우리나라의 좋지 않은 이미지를 주어서는 안 된다'는 생각을 하고 있는 것처럼 비쳐졌다. 이 금지 조치가 인권 수호자들과 국제 언론 사이에 새로운 동요를 불러일으켰다.

국회의 한 토론 중에서 한 여성 상원 의원은 내가 '서양 여자'가 되어 버렸다는 주장까지 했다. 서양 여자라니. 그녀는 내가 '좀 더 겸손해지고, 신중해져서, 나라 밖 여행을 자제하고, 신의 심판을 기다려야 한다'고 주장했다. 같은 여성이면서도 그런 말을 하다니, 나는 그 여성 상원 의원이 한심했다.

일부 남성 정치인들은 NGO들이 지금의 상황을 너무나 고소해하며 국제 로비 기구에 호소하고 있다며 공개적으로 비난하고 나섰다. 요컨대 그들 말에 따르면 내가 내 이야기를 세계에 퍼뜨리는 것보다는 국내 문제니만큼 국내에서 해결하는 것이 내 신상에 좋다는 이야기였다. 그들 말도 한편으로는 맞을 것이다. 난들 왜 우리나라의 이미지를 떨어뜨리고 싶겠는가. 나는 누구보다도 우리나라, 파키스탄을 사랑한다.

한데 이제 나는 너무 커 버렸다. 내 존재가 커졌다는 이야기가 아니고, 내 생각이 커졌다는 뜻이다. 처음에는 단지 나의 명예와 복수를 위해 싸웠지만, 불행에 처해 있는 수많은 파키스탄 여성들을 보면서 내 투쟁의 열매를 명예 범죄에 희생되는 우리나라 여성들을 위해 바치리라 생각했다. 그러나 지금은 세계 곳곳에서 신음하고 있는 여성들을 위해 싸우지 않으면 안 된다는 일종의 사명감이 나를 짓눌렀다.

너무 많은 사람들이 우리나라와 해외에서 나를 지지하고 나섰다. 일부 과격분자들은 강제로 내 입을 틀어막고 싶어 했다. 왜냐하면 그들은 내가 이슬람공화국인 파키스탄의 헌법을 존중하지 않는다고 생각하기 때문이었다. 나는 또다시 정부를 상대로 싸워야 했다. 그 잔잔하고 순종적이던 무크타르 마이가 이토록 목소리가 크고 드세졌다는 사실 앞에서 나는 쓸쓸한 웃음을 짓지 않을 수 없었다. 예전에는 내가 이렇게 변하리라는 사실을 어찌 상상이나 할 수 있었을까.

내가 수상으로부터 출국 금지 명단에서 내 이름이 삭제되었다는 소식을 접한 것은 6월 15일이었다. 참으로 멀고 먼 길이었다.

　6월 28일, 나는 웃음을 되찾았다. 이슬라마바드 연방 최고 법정이 이틀간의 공판을 거친 뒤 심리를 새로 열겠다고 승낙한 것이다. 당연히 그래야 하는 사안이었지만 나는 기쁘기 그지없었다. 내 담당 변호사도 웃음을 되찾았다. 그는 신중을 기하기 위해 내게 출국 금지 조치가 내려진 이후부터 기자들과의 접촉을 피해 달라는 당부를 내게 했었다. 나는 변호사를 이해했다.

　"이제, 그들에게 하고 싶은 말을 다해도 됩니다! 제가 당신한테 금지시킬 것은 더 이상 아무것도 없습니다."

　그의 목소리도 기쁨에 들떠 있었다.

　그는 최고 법정에서 사건의 재심을 확정 짓지 않은 상태에서 언론이 나를 지지하고 나서는 것은 내게 해가 될 수 있음을 언론에 밝혔다. 그것은 최고 법정의 독립성이 의심받게 되기 때문이라 했다. 나는 여태까지 나를 지지해 준 여성들과 포옹할 때 억제할 수 없는 감정이 북받쳐 왔다.

　"저는 정말 행복합니다. 정말 만족합니다. 저는 저를 욕보인 사람들이 처벌받기를 희망합니다. 저는 최고 법정의 판결을 기다릴 것입니다. 그곳에서 이 지상의 심판이 내려질 겁니다."

　그녀들 역시 자신의 일들처럼 기뻐했다. 신의 심판은 때가 되면 내려질 것이다. 변호사는 기자들에게 이전에 풀려났던 여

덟 명은 물론 강간을 치밀하게 미리 구상했던 마을 자문 회의
멤버들이 감옥에 수감되었다고 밝혔다.

"그것은 단순 강간이 아니라 누가 뭐래도 테러 행위였습니
다. 마을 공동체에 테러를 가한 것입니다. 증거자료들을 재검
토하기 위해 그 사내들을 우리나라의 최고 법정에 세워 다시
심리를 하겠다고 내린 결정은 아주 잘한 것입니다."

기자들은 변호사의 말을 적기에 바빴다. 조만간 기자들의 손
에 의해 사건의 내용은 만천하에 공개될 것이다. 그것을 읽을
남자들은 이제 법을 위반한다는 사실 앞에서 한 번쯤은 더 생
각해 보게 될 것이다.

나는 한시름 덜었다. 나는 이제 우리 마을로 돌아가 가족과
부모님, 그리고 학교 아이들과 재회할 수 있게 됐다. 그 생각만
으로도 나는 행복했다. 당분간은 경찰의 감시가 계속되었다.
특히 내가 해외 언론과 인터뷰를 할 때마다 그랬다. 점차적으
로 감시가 느슨해지는가 싶더니, 마침내는 무장경찰 한 명만이
내 집 대문 앞을 지켰다. 그러다가도 외국 기자 한 명이라도 날
보기 위해 방문이라도 하면, 그 즉시 안전 요원은 현장에 나타
났다. 그들의 신속함에 나는 그저 헛헛한 웃음만 나왔다.

지역신문은 여전히 공격성 기사들을 다뤘다. 가장 기가 막힌
기사 중 하나는 해외여행을 위해 내가 비자 신청을 했던 일에

대한 논평이었다. 아주 긴 논평이었다. 나는 여전히 캐나다와 미국으로부터 초대받은 상태라 했다. 하지만 내가 탐탁치 않게 생각하는 사람들을 진정시키기 위해 지금 당장은 그 계획을 포기한 상태라고 주장했다. 그러나 사실은 내게 비자 발급이 거부된 것이라 했다. 내가 해외에 나가 파키스탄에 대한 좋지 않은 이미지를 풍기면 안 되기 때문이란 주장을 펼쳤다. 더군다나, 나셈의 말처럼 속칭 높으신 분들이 강간 희생자만 되면 백만장자도 되고, 비자도 발급받을 수 있다는 말을 했다고 사람들이 주장하고 나섰다. 마치 파키스탄 여자들이 해외로 떠나기 위해 그 '형식'에 목매는 것처럼!

나는 그 같은 경솔한 추측성 기사가 못내 원망스러웠다. 하지만 모든 사람이 나를 응원하고 지원할 수는 없다고 생각했다. 어떤 일이 벌어지면 동조자도 생기고, 지원군도 생기지만 그에 반해 반대하는 사람도 있게 마련이다. 그래서 나는 그들이 밉지 않았다.

그러자 이번에는 또다시 국가 언론과 국제 언론들이 그러한 보도들에 발끈하고 나섰다. 그러나 강간 희생자만 되면 백만장자도 되고, 비자도 발급받을 수 있다는 기사 내용은 기자들이 잘못 해석하는 바람에 불거진 것처럼 보였다. 그 주장은 그런 뜻이 아니었다. 나도 그러길 바란다.

나는 나와 우리나라의 모든 폭력 피해 여성을 위해 싸웠다. 나는 눈곱만큼도 내 마을, 내 집, 내 가족, 그리고 내 학교를 떠날 의향이 없다. 물론 해외에 우리나라에 대한 나쁜 이미지를 풍기고 싶은 의향도 없다. 오히려 그 반대다. 인간의 권리를 옹호하면서, 우리 이슬람공화국의 헌법에 배치되는 부족 재판 원칙과 맞서 싸우면서, 나는 우리나라 정치가 소망하는 것을 지지하고 있다는 확신을 갖게 됐다. 남자 이름을 지닌 그 어느 파키스탄 남자도 명예 사건을 해결하기 위해 마을 회의에 여자의 처벌을 독력할 수는 없다.

내가 원한 것은 아니지만 나는 모든 족장들과 부족장들에게 폭력 피해를 입은 여성들의 상징적인 이미지가 됐다. 만약 이 이미지가 국경 너머로 퍼졌다면 그 이미지는 우리나라를 위해 쓰여야 한다. 배웠건, 못 배웠건 간에 자신이 당한 부당함에 맞서 소리 높여 싸울 수 있도록 여성에게 허락하는 것, 그것이 진정한 우리나라의 명예다.

왜냐하면 만약 여자가 남자의 명예라면 왜 그 명예를 죽여 없애려 하는지, 우리나라가 진정 자문해 봐야 하는 단순한 이유 때문이다.

코사르의 눈물

나셈과 나는 하루도 빠지지 않고 충격 상태에 빠져 도움을 요청하는 여성들을 맞았다. 나는 그들의 일이 마치 내 일처럼 여겨졌다. 나도 사람들의 도움이 있었기에 여기까지 올 수 있었다. 이제 내가 사람들에게 받았던 도움을 다른 여성들을 위해 사용할 차례였다.

내가 이러한 유명세를 어떻게 받아들이며 우리나라에서 사는지, 언젠가 어떤 파키스탄 여기자가 내게 물었다. 나는 그 물음에 웃으며 대답했다.

"당신도 얼마든지 할 수 있는 일입니다. 그리고 이건 내가 하는 일이 아닙니다. 내게 사람들이 베풀어 주었던 것을 그냥 따라 하는 것일 뿐입니다. 그 사람들이 내게 해 줬던 일에 비하면 극히 작은 일일 뿐입니다.”

그랬다. 나는 그저 그녀들의 이야기를 들어줄 뿐이다. 그런데 어떤 여성은 남편들이 자신들을 폭행하면 이런 말을 한다고 나에게 일러 줬다.

“조심해, 무크타르 마이한테 가서 호소할 테니까!”

그것은 조금은 무례하다 싶은 농담이었다. 하지만 우리는 자주 그 무례한 농담이나 비극과 조우하게 되었다.

10월 어느 날이었다. 내가 나셈과 함께 내 이야기를 끝냈을 즈음 두 여인이 날 찾아왔다. 어머니가 딸을 대동하고 왔는데, 그녀들은 날 방문하기 위해 수십 킬로미터를 왔다. 딸은 코사르란 이름을 지닌 스무 살 남짓한 젊은 부인이었다. 그녀는 두 살 반쯤 되어 보이는 어린 딸을 안고 있었다. 그녀는 우리에게 곧 두 번째 아이를 출산할 거라 했다. 겁에 질린 그녀의 두 눈에 눈물이 가득 고여 있었다. 그러다 어느 순간 눈물은 지친 그녀의 예쁜 얼굴을 타고 주르르 흘러내렸다. 그녀가 우리게 들려준 말은 끔찍하기 짝이 없었지만, 불행하게도 종종 있는 일이었다.

“제 남편이 이웃 남자와 언쟁을 벌였습니다. 그 남자가 지나

치다 싶을 정도로 빈번하게 우리 집에 들락거리며 먹고 자고 하자, 남편은 그자에게 이런 식으로 항상 대접할 수 없는 노릇이라며 양해를 구했습니다. 그러자 남자가 휭 하니 나가 버리더군요.

어느 날, 우리가 차파티를 준비하고 있는데 네 명의 사내가 불쑥 우리 집으로 쳐들어왔습니다. 그중 한 명이 남편의 머리에다 권총을 겨눴고, 다른 한 명은 제 가슴에다 총을 겨눴습니다. 그리고 나머지 두 명이 제 머리에다 시폰 천을 뒤집어씌웠습니다.

저는 아무것도 보이지 않았습니다. 저는 질질 끌려가며 남편의 비명 소리를 들었습니다. 그런 와중에 저는 배 속에 있는 아이를 걱정했습니다. 그들은 저를 차에다 태우고 한참을 달렸습니다. 저는 많은 차들이 오고 가는 소리로 그들이 저를 어떤 도시로 끌고 갔다는 것을 깨달았습니다.

그들은 2개월 동안 저를 방 안에다 감금시켰습니다. 그들은 매일같이 저를 찾아와 겁탈했습니다. 저는 도망칠 수가 없었습니다. 작은 방이었습니다. 창문도 없었습니다. 그리고 여러 사람들이 그 문을 지키고 있었습니다. 저는 그 방에서 4월부터 6월까지 죄수처럼 감금되어 있었습니다. 저는 오로지 남편과 아이를 생각했습니다. 저는 그들이 마을에서 살해됐을까 봐 걱정

했습니다.

저는 미쳐 갔습니다. 자살하고 싶었습니다. 하지만 그 방에는 아무것도 없었습니다. 개에게 밥을 주듯 제게 도시락에 먹을 것을 담아 밀어 넣어 줬고, 개에게 마실 것을 주듯 제게 마실 것을 주었습니다. 그들은 돌아가며 저를 겁탈했습니다.

그러던 어느 날, 그들은 다시 제 머리에다 시폰 천을 뒤집어 씌워서 차에다 태워 끌고 갔습니다. 그들은 도시를 벗어나 계속해서 수 킬로미터를 달리더니 저를 도로 위에다 팽개쳤습니다. 그리고 재빨리 도망갔습니다. 그들은 저를 그곳에다 홀로 놔두고 떠난 것입니다. 저는 그곳이 어딘지조차 몰랐습니다.

저는 걸어서 무함마드푸르 지역에 위치한 우리 마을에 당도했습니다. 그리고 저는 그들이 저를 끌고 갔던 도시가 분명 남쪽 멀리 떨어진 카라치였다는 것을 알았습니다. 제가 집에 와 보니 남편은 살아 있었고, 어린 딸은 아버지와 어머니가 돌보고 있었습니다. 그들은 관할 경찰서에 고소 조치를 취해 놓은 상태였습니다. 저도 경찰서를 찾아가 그들이 제게 한 짓을 진술했습니다.

저는 그들의 인상착의에 대해 말해 줬습니다. 남편은 제게 복수를 자행해서 원수지간이 되어 버린 이웃 남자와 잘 아는 사이였습니다. 저는 그 남자들 넷을 분간할 수 있었습니다. 경찰들이 제 진술을 듣더니 경관이 진술서에다 엄지손가락으로 지장을 찍게 했습니다. 제가 읽을 줄도 쓸 줄도 몰랐기 때문에 그가 알아서 하겠다고 했습니다. 한데 제가 판사의 소환을 받고 갔을 때, 제가 겪은 얘기를 다했더니 그가 물었습니다."

그녀는 잠깐 숨을 고르며 흐르는 눈물을 닦아 냈다.

"내가 진술하는 내용은 경찰이 한 말과 다른데, 내가 거짓말을 하고 있나요?

나 또한 그런 경험이 있었기 때문에 여자의 말을 쉽게 알아들었다. 여자는 계속해서 말을 이었다.

"저는 판사에게 열두 번이나 소환되어 갔습니다. 그때마다 매번 저는 경찰이 뭐라 썼는지 모르겠으나 제가 한 말은 사실이라고 반복해서 주장해야 했습니다. 판사는 그들을 불러 심문을 했습니다. 그들은 제가 거짓말을 한다고 주장했습니다. 그들은 아버지와 어머니를 찾아와 자신들은 죄가 없으니 판사를 찾아가 그렇게 고하라고 협박했습니다. 그러나 아버지가 거절하자 그들은 아버지를 늘씬 두들겨 패, 코를 부러뜨렸습니다.

그러나 결국 판사는 단 한 명만 감옥에 수감시키고, 나머지 셋은 석방시켰습니다. 저희들은 그들이 정말 무섭습니다. 저는 왜 한 사람만 감옥에 보냈는지 모릅니다. 그자만 저를 겁탈한 것이 아닌데 말입니다. 그들은 저와 제 가족의 삶을 파괴했습니다. 그들이 저를 겁탈했을 때 저는 임신 2개월째였습니다. 남편이 그 사실을 잘 알고 있습니다. 하지만 마을에서 사람들은 지금 저에 대해서 입방아를 찧어 댑니다. 게다가 그 악당들은 자유롭게 활보하고 있습니다. 발루치족들입니다.

그들은 우리보다 강합니다. 그들이 우리 가족을 욕보이고 있습니다. 물론 우리는 아무에게도 해코지를 한 적이 없습니다. 제 남편은 제 사촌이었습니다. 사람들은 저희들을 어릴 적에 혼인시켰습니다. 정직한 남자였습니다. 처음에 그가 고소를 했을 때는 아무도 그의 말을 들어주지 않았습니다."

코사르는 끊임없이 흐느꼈다. 나는 억지로라도 그녀에게 물과 음식을 먹여 보려 했지만 그녀는 힘들어 했다. 그녀의 시선 속에는 너무나 많은 고통이 어려 있었고, 그녀 어머니의 시선 속에는 고통스러운 체념의 빛이 어려 있었다.

나셈이 나서서 그녀들에게 법에 대해 설명해 주고 변호사를 구하기 위해서는 어떤 단체를 찾아가야 하는지 일러 주었다. 우리가 하는 말이 그들의 행동에 도움이 되길 바랄 뿐이다.

우리는 집에 돌아갈 때 쓰라고 코사르에게 약간의 노잣돈을 줬다. 하지만 그녀가 가야 할 길 역시 멀다는 사실을 나는 알고 있었다. 만약 그녀가 용기를 내어 자신의 사건을 재판에 회부하게 된다면, 재판이 열리기 전까지는 그녀와 그녀 가족은 끊임없이 협박을 당하게 될 것이었다. 만약 그녀가 재판을 이끌어 낸다면 그들은 다른 곳으로 떠날 방도를 잃게 된다. 그들의 삶은 그들의 집이 있는 그들 마을로 제한될 터였다. 그녀의 아이가 태어날 테고, 이 비극은 그녀를 평생 따라다닐 것이다. 내가 영원히 잊지 못하는 것처럼 그녀도 영원히 잊지 못할 것이다. 언제쯤이나 우리나라 여성들이 그런 비극으로부터 벗어날 수 있을까. 언제쯤이나 테러에 대한 공포 없이 마음 편하게 살 수 있을까.

헌법은 경찰에게 초등 수사 기록을 작성할 것을 명시하고 있다. 그런데 여자들에게 하는 짓은 언제나 똑같다.

"여기 지장 찍어. 우리가 알아서 작성할게."

그 말에 저항할 여자는 얼마 되지 않는다. 아니, 아예 없을 것이다. 그리고는 보고서가 판사에게 전달될 때면 죄인들은 항상 무죄가 된다. 여자들이 거짓말을 한다고 했다.

마을에서 불거진 다툼을 빌미로 한 남자가 다른 한 남자를 벌하고 싶어 한다. 그래서 그는 한 가정의 젊은 어머니인, 죄 없는 임산부를 무기로 협박해 납치한 뒤 집단 겁탈을 한다. 처음에 그는 처벌을 받지 않을 거란 확신이 섰을 것이다. 설령 감옥에 간다 하더라도 잠깐이면 된다는 확신이 그에겐 있을 것이다. 조만간에 항고심을 거쳐 증거 불충분으로 그는 풀려날 테고, 그러면 사람들은 분명 그 가엾은 여인이 성매매에 합의해서 생긴 일이라고 떠들어 댈 것이다! 이것이 코사르의 경우였다.

그녀의 평판과 명예, 그리고 가족들의 명예는 영원히 회복 불능 상태로 실추될 터였다. 최악의 경우 후두드법에 따라 그녀 자신도 불륜과 성매매 혐의로 처벌받을 수 있었다. 그 모골이 송연한 처벌을 피하기 위해서는 피고인들이 자신들의 범죄를 판사 앞에서 시인해야 한다. 아니면 고소인이 범죄를 목격한 믿을 만한 증인 네 명을 확보해야 한다.

이러한 시스템의 보호를 받는 범죄자들은 그들이 원하는 짓을 마음껏 자행하는 것이다. 생각만 해도 몸서리가 쳐진다.

얼굴을 낡은 너울로 반쯤 가린 또 다른 여자가 날 기다리고 있었다. 나이는 알 수 없지만 집안일에 치여 지쳐 있는 것만큼은 눈빛으로 알 수 있다. 그녀는 제대로 말도 하지 못했다. 그녀는 조심조심 수치스러워하며 얼굴을 내민다. 나는 이해한다. 초산을 뿌려 얼굴 반쪽이 일그러졌다.

그녀는 눈물이 메말라 더 이상 울지도 못했다. 누가 저런 짓을 했을까? 그녀의 남편? 왜? 그녀는 눈물이 메말라 버린 얼굴로 말했다. 남편이 그녀를 두들겨 팼다고. 빠릿빠릿하게 자기 시중을 들지 못한다는 핑계를 대며 그랬단다. 이제 남편은 부인을 평생 불구로 만들어 놓은 것도 모자라, 그녀를 경멸하고 있다고 했다.

우리는 이 여자를 위해 할 일이 별로 없다. 약간의 위로의 말과 그녀가 본가로 돌아갈 수 있도록 노잣돈을 챙겨 주며, 가능하면 남편과 헤어지란 말을 해 준다. 그런데 그녀가 어떻게 남편과 헤어질 수 있을까.

나는 어떤 때는 산적한 임무에 묻혀 살기도 하고, 어떤 때는 분노 때문에 숨이 막히기도 한다. 하지만 나는 절대 절망하지는 않는다. 내 삶에 의미가 생겼다. 내 불행은 공동체를 위해 유용한 것이 되었다.

어린 소녀들을 교육시키는 것은 별로 힘든 일이 아니었다. 그와 반대로, 이 험한 세상에서 태어난 아들들을 교육시키는 것이 더 힘든 일이었다. 그들은 자신의 형들이 자행하는 행동을 보고 자란 소년들이었다. 여성들에게 내려진 정당한 판결을 거울 삼아 그들을 교육시켜야 할 것이다. 그들의 잘못된 사고와 행동들을 스스로가 잘못됐다고 깨우치게 하는 것은 꽤 어려운 일이었다. 이미 오랫동안 그들은 그게 정당한 방법으로 알고 있기에 더하다. 더욱이 고통과 눈물만으로는 그들에게 아무것도 가르칠 수 없음을 나는 잘 알고 있다.

나 또한 고등법원의 최종 판결을 기다리고 있다. 나는 지상에 있는 고등법원에 희망을 걸어 보는 동시에, 신께는 최후 중재를 희망해 본다. 만약 정당한 판결이 내려지지 않은 상태에서 내가 이 마을에 거주하게 되면, 나는 그들과 어쩔 수 없이 끝없는 전쟁을 치러야 한다. 그리고 언젠가는 내 목숨을 내놓는 한이 있더라도, 죄인들을 징벌하고야 말 것이기 때문이다.

10월의 하루가 자신의 몫인 불행과 고통을 짊어지고 저물어 가고 있다. 이튿날 새벽은 또 다른 고통들을 깨우리라. 북쪽 지방 전체를 강타한 지진이 발생했다. 수천 만의 사상자들, 집 없는 사람들, 굶주린 아이들이 그들 삶의 터전이었던 잔해 속을 배회하고 있다. 다행히도 우리 펀자브 지방은 그 재난을 모면했다. 나는 그 모든 불쌍한 사람들, 자신들이 다니던 학교의 잔해 더미에 묻혀 죽어 간 그 모든 아이들을 위해 명복을 빈다.

그들을 위해 명복을 비는 것만으로는 부족하다. 파키스탄은 국제적인 도움이 필요하다. 나는 이번에 해외 출국 허가를 받아, 여성 폭력에 대한 아시아·아메리카 연락 책임자인 아미나 부타르 박사와 동행하게 되었다.

최근 한 잡지사는 내게 '올해의 여성상'을 수여했다. 내겐 영광스러운 일이다. 하지만 그것이 내 여행의 주된 목적은 아니다. 나는 이번 기회를 이용해 여성들의 입장도 호소하고, 재난을 당해 참혹한 시기를 맞은 사람들의 입장도 같이 호소할 참이다. 내 마음은 특히 삶이 초토화된 여성들과 아이들 때문에 찢어지듯 아프다. 그 비극을 극복할 수 있도록 생존자들에게 도움이 필요하다.

나는 뉴욕행 비행기를 탔다. 그리고 나는 미국 의회가 있는 워싱턴으로 가서 두 가지 입장을 밝히고, 수년 동안 경험하지 못한 최악의 지진 희생자들을 위해 5,000만 달러의 추가 지원을 요청했다.

국제 원조가 늦어진다. 우리나라의 이미지는 안타깝게도 외국의 자선을 충분히 자극하지 못한다. 평소 때와 마찬가지로 기자들이 나를 따라다녔다. 그리고 일부 질문들은 해외 망명에 대한 가능성을 타진하기 위한 내용들이다. 나는 그들에게 짧게 대답했다.

"저의 해외 체류는 잠깐입니다. 저는 우리나라와 우리 마을로 가능한 빨리 돌아갈 것입니다."

그렇다. 내가 우리 집과 마을을 두고 어디에 가서 살 수 있겠는가. 나는 우리 마을과 학교와 가족들과 또 어린 학생들을 사랑한다.

나는 미국의 한 잡지사가 선정한 '올해의 여성'으로 뽑혔다. 저명한 인사들이 받았던 상이다. 상을 받은 것이 나는 기쁘다. 그 보상이 나를 감동시킨다. 그러나 파키스탄 여성으로 태어난 나는 파키스탄 여성으로 남을 것이다. 그리고 나는 우리나라를 짓누르고 있는 불행에 숨통을 틔우는 데 공헌하기 위해 투사 자격으로 여행 중이다.

만약, 희한한 내 운명으로 말미암아, 내가 이렇게라도 우리나라와 우리 정부를 도울 수 있다면, 우리에게는 대단한 영광이 될 것이다. 제발 내 임무에 신의 가호가 함께하길 빌어 본다.

2005년 11월

무크타르 마이

나는 지금까지 변함없이 나를 지지해 준 친구 나셈 아크타르, 이 책을 쓸 수 있도록 흔쾌히 통역을 맡아 준 무스타파 발로시와 사이프 칸, 캐나다 국제개발협회, 국제사면위원회, 국제 인권위원회, 아시아와 미국의 여성 인권 네트워크(ANAA) 회장, 아미나 부타르 박사 등에게 감사드립니다.

또한 파키스탄의 모든 여성 인권 단체들, 세계에서 자행되고 있는 여성 폭력과 맞서 싸우며 나를 지지해 준 여성 운동가들에게도 진심으로 감사드립니다. 공식적으로, 혹은 사적으로 무크타르 마이 학교를 짓고 확장할 수 있도록 도움을 주신 모든 기부자들에게도 감사드립니다.

마지막으로, 열심히 학교를 다니고 있는 우리 어린 남녀 학생들에게 저는 특별히 고맙다는 말을 전하고 싶습니다. 남녀 간에 자유롭고, 평온한 가운데 좀 더 나은 교육을 받으며 차세대 씨앗들이 무럭무럭 자라고 있는 모습을 볼 때면 저는 희망을 품습니다. 미래는 그들의 몫입니다.

2002년 6월 22일 터진 무크타르 마이의 이야기로 시작하는 이 책은 중세 봉건시대를 연상시킨다. 부족 계급에 따라 신분이 갈리고, 여성을 상품 취급하거나 혹은 복수 수단쯤으로밖에 여기지 않는 남근숭배 사상이 아직도 깊게 뿌리박힌 사회를 묘사하고 있기 때문이다. 수대를 거쳐 세습되는 전통을 들먹거리며 횡포를 일삼는 남성들, 지체 높은 계급이 내린 결정에 무조건 복종하는 지체 낮은 사람들, 남성들의 시빗거리에 상품처럼 교환되는 여성들, 우리가 사는 21세기와는 거리가 너무 멀기 때문이다. 물론 이러한 폐쇄적이고 악몽 같은 사회에서 여성 인권을 논하는 것 자체가 난센스다. 여성이 설 자리는 그 아무

데도 없다.

　그런데 그 잔혹하고 불합리한 전통을 깨부수겠다고 나선 여성이 있다. 여성의 침묵이 강요되는 사회에 반기를 든 여성은 아이러니하게도 교육을 받은 신여성이 아니라, 파키스탄 동부 펀자브 지방에 위치한 문명의 혜택을 전혀 받지 못한 문맹, 무크타르 마이—무크타르 비비—다. 그녀는 스물여덟 살이다. 무크타르는 지체 높은 마스토이 부족 여성에게 말을 걸었다는 이유로 납치된, 열두세 살 난 어린 남동생을 구하기 위해, 그들 부족을 찾아간다. 집안의 결정에 따라 그들에게 용서를 구하러 간 것이다. 하지만 마스토이 부족들을 주축으로 구성된 부족 자문 회의는 그녀를 집단 윤간하라는 잔인무도한 평결을 내린다. 그녀는 결국 마을 사람들이 다 지켜보는 가운데 네 명의 사내로부터 집단 윤간을 당한다. 헌법, 이슬람법, 전통적인 부족 회의가 각자 따로따로 가동되는 사회에서, 그녀는 헌법 시스템과 이슬람법 시스템 그 어느 쪽으로부터도 보호받지 못한 것이다. 왜냐하면 부족 회의가 헌법이나 이슬람법보다도 더 위용을 떨쳤기 때문이다.

　어느 누구도 무심히 넘길 수 없는 비극적이고 끔찍한 이야기다. 하지만 무크타르는 용기를 잃지 않고 목숨을 담보로 투쟁을 시작한다. 여성 인권에 대한 개념조차 없는 불모지에서 비합리적인 남성 우월주의 세습 전통에 맞서 싸움을 시작한 것이다. 가족과 언론 그리고 인권 협회 등이 발 벗고 나서서 그녀를 돕는다. 그녀는 결국 2002년 8월 31일 법정으로부터 그녀를 윤간한 네 명과 부족 회의에 참석한 두 명, 모두 여섯 명에 대해 사형 판결을 이끌어 낸다. 하지만 잔악한 그들에게는 남성들의 잣대로 조각된 전통이 있었다. 여태까지 파키스탄 사회에서 자행되는 수많은 여성 범죄에 대한 처벌만 불가능하게 하는 것이 아니라, 비열한 남성 범죄자들을 보호해 주는 수호신 노릇까지 하며 여성 범죄를 부추기는 악의 핵, 철통 같은 전통이 있었다. 그들은 항고를 했고, 2005년 3월 3일 여섯 명 중 다섯 명은 무죄방면되고, 한 명만 무기징역을 받는다. 무크타르는 즉시 항고를 했고 사건은 현재 재판에 계류 중이다.

파키스탄 인권 협회에 따르면 2001년에서 2004년 사이에만 거의 이천팔백 명의 여성들이 살해됐고, 최근 10년 사이에만 천오백여 명의 여성들이 초산 테러를 당했다고 한다. 그 밖에도 강간, 납치, 폭행 등 자잘한 여성 범죄는 비일비재하다. 파키스탄 여성 인권 단체가 상징적인 투사를 절실히 필요로 하는 시점에서, 집단 윤간을 당한 무크타르 마이가 목숨을 담보한

투쟁에 뛰어든 것이다. 그녀는 2005년 미국의 한 잡지사로부터 '올해의 여성상'을 수상하면서, 그녀 자신과 파키스탄 여성 단체의 바람대로 자연스럽게 학대받고 짓밟힌 모든 파키스탄 여성들의 상징으로 세계 언론에 보도되고 있다. 하지만 그녀가 갈 길은 아직 멀고 멀다. 물론 국내외 언론들과 세계 인권 단체들이 그녀를 곁에서 돕고 있긴 하지만, 근본적으로 여자를 보는 파키스탄 남성들의 시각이 바뀌지 않고 있다. 또한 대부분 여성들이 무크타르 자신처럼 문맹인 데다 법과 인권에 무지하기 때문이다. 그녀가 자신이 받은 보상금으로 고향에다 제일 먼저 여자 학교를 세운 것도 바로 그런 이유다. 사회로부터 배제된 여자 애들에게 위급한 상황에서 자신을 보호할 수 있는 최소한의 무기인 글을 깨우쳐 주기 위한 배려다. 아직은 어린 새싹들에게서 희망을 봤기 때문이다.

부족의 계급에 따라서, 혹은 남녀 성별에 따라, 차별을 두는 성인들과 달리 순진무구한 어린애들은 교육을 통해 그러한 편견의 벽을 쉽게 허물 수 있으리라 믿기 때문이다. 그녀의 소박한 꿈은 인권과 자아에 대한 새로운 지평을 어린애들에게 열어 주는 것이다. 본인이 무지해서 전통을 빌미로 남성들이 휘두른 폭력의 희생자가 되어야 했던 아픔을 후세대에게는 절대 물려 주지 않겠다는 다짐이기도 하다.

끝으로 이 책을 읽는 모든 독자들이, 온갖 협박과 살해 위협
에도 굴하지 않고, 마스토이들과 마땅히 누려야 할 인권을 쟁
취하기 위해 암담한 법정 투쟁을 계속 벌이고 있는 무크타르
마이에게 찬사와 격려의 메시지를 보내 주기 바란다. 또한 고
향에다 세운 그녀의 두 개의 학교—여자 학교를 세운 뒤 남자
학교를 또 세움—에서 현재 교육을 받고 있는 새싹들이 장차
파키스탄 내의 인권과 남녀 평등권을 수호하는 기수들로 성장
할 수 있도록 부단한 관심을 보여 주길 바란다. 아울러 지금 우
리는 이 땅에서는 마땅히 누려야 할 인권을 충분히 누리며 살
고 있는 걸까, 라고 각자 자문해 보는 계기가 되었으면 하는 바
람이다.

무크타르 마이의 고백

ⓒ 무크타르 마이, 2006

초판 1쇄 인쇄일 | 2006년 8월 18일
초판 1쇄 발행일 | 2006년 8월 24일

지은이 | 무크타르 마이
옮긴이 | 조은섭
펴낸이 | 김현주
펴낸곳 | 이룸

편   집 | 전수정
디자인 | 김선희, 이윤화

출판등록 | 1997년 10월 30일 제10-1502호
주소 | 121-840 서울시 마포구 서교동 395-172호 상록빌딩 2층
전화 | 편집부 (02)324-2347, 영업부 (02)2648-7224
팩스 | 편집부 (02)324-2348, 영업부 (02)2654-7696
e-mail | erum9@hanmail.net
homepage | www.erumbooks.com

ISBN 89 - 5707 - 311 - 6 (03860)

값 9,700원

● 잘못된 책은 교환해 드립니다.